# 预设

YUSHE

张海龙

著

U0353066

北京理工大学出版社
BEIJING INSTITUTE OF TECHNOLOGY PRESS

**图书在版编目（CIP）数据**

预设 / 张海龙著. — 北京：北京理工大学出版社，2024.5
ISBN 978-7-5763-3791-4

Ⅰ．①预… Ⅱ．①张… Ⅲ．①幻想小说－中国－当代
Ⅳ．① I247.5

中国国家版本馆 CIP 数据核字（2024）第 074886 号

责任编辑: 王梦春　　文案编辑: 邓　洁
责任校对: 刘亚男　　责任印制: 施胜娟

出版发行 / 北京理工大学出版社有限责任公司
社　　址 / 北京市丰台区四合庄路 6 号
邮　　编 / 100070
电　　话 /（010）68944451（大众售后服务热线）
　　　　　（010）68912824（大众售后服务热线）
网　　址 / http://www.bitpress.com.cn

版印次 / 2024 年 5 月第 1 版第 1 次印刷
印　　刷 / 三河市华骏印务包装有限公司
开　　本 / 880 毫米 × 1230 毫米　1/32
印　　张 / 8.25
字　　数 / 200 千字
定　　价 / 46.00 元

图书出现印装质量问题，请拨打售后服务热线，负责调换

# 本书丰富，无法简介

　　我与海龙相识多年，但一直都是各自忙碌，联系也基本都在线上。虽然他忙文字，我忙影视，但我们都是在科幻——这个拥有无限未来的产业中寻找自己的位置，尽自己所能做一些事情。所以某种程度上说，我们算半个同行。

　　虽然我们所做的事有所不同，但在一件事上我们是一致的，那就是大量的阅读。我们也熟悉一份电子稿，到纸书到影视，所会遇到的一系列难题。或许是从业者的原因，我在阅读中能清晰地感受到海龙在试验，他把自己积累多年的编辑经验，用于真实的创作，来写出他自己心中的科幻。

　　我很想用一两句话来概括出《预设》的内容，但失败了。

　　归根究底，还是这个故事内容丰富，以致无法简介。

　　《预设》是一部深刻探讨人类、科技与命运的科幻长篇小说。故事以丰富的想象力和扎实的科学知识，构建了一个既宏大又细腻的世界。在这个世界中，基因技术的进步引发了伦理的冲突、文明的危机以及对人类存在意义的深刻反思。

小说的开篇，艾维教授的突破性发现象征着科技的辉煌成就，同时也埋下了潜在的危机。这一设定巧妙地引出了故事的核心议题：科技的进步是否真的为人类带来了福音，还是打开了潘多拉的盒子？

在伦理的探讨上，小说通过同源生物制药公司的治疗事故和徐景炎的困境，展现了科技进步与人性道德之间的张力。治疗罕见病的技术无疑是人类智慧的结晶，但其背后隐藏的风险和伦理选择却让人陷入深思。海龙没有简单地将科技描绘为全然正面或负面的力量，而是通过复杂的人物关系和事件发展，展现了科技与伦理的复杂交织。

悬疑元素的引入为小说增添了紧张感和探索性。V病毒的出现不仅是一场灾难，更是对人类自身局限性的揭示。在灾难面前，人性的光辉与阴暗并存，既有科学家们的无私奋斗，也有恐慌中人性的扭曲。小说通过灾难这一极端情境，考验着人物的道德选择和生存意志。

在文笔方面，简练精准的文字给我的留下的印象极其深刻。很显然，海龙明白"朴实无华的文字适合一切创作"的真正含义。他克制了自己的表达欲，把文字牢牢控制在故事的主线和主题上，展现了其细腻的情感描绘和对科技细节的精准把控。无论是对人物内心世界的深入挖掘，还是对科技术语的准确运用，都显示了作者超高的文学素养和科学素养。

在对意识和生命进化的探讨中，小说做到了创新。意识上传技术的设定挑战了我们对生命、自我和存在的认知。徐景炎和钟献等人在面对科技极限时的选择，反映了人类对于永恒的渴望和对未知的恐惧。小说中的"涌现计划"不仅是对人工智能的一次大胆设想，更是对人类文明传承的一种寓言式表达。

总的来说，《预设》是一部值得细细品味的科幻佳作。它不仅提供了对未来科技的奇妙设想，更重要的是，它引发了我们对现实世界的深刻反思。在这个科技日新月异的时代，这部小说提醒我们，科技的发展必须伴随着对伦理的深思和对人性的坚守。

如果你是一个科幻新人，在阅读正文之前，我会推荐先读书尾的后记，虽然会有些剧透，但可以让你在阅读中体会到更多的东西。

如果你是一位资深的科幻读者，推荐直接从正文读起，海龙已经尽可能写得清晰，比如他在目录上就直接揭开了每个部分的主题和核心观点。最后再读后记时，会有一种从另一个视角又看了一遍这个故事的感觉。

当阅读到故事的第二部分和第三部分时，大家可以读得慢一点，这部分信息十分密集，如果一眼掠过，极有可能错过关键信息。但如果能理解作者的巧妙设计，获得的阅读体验也会截然不同。

最后，祝大家阅读愉快！

张小北

# 目录

# 楔 子

当看到试验结果的时候，七十六岁的艾维教授觉得，就算现在自己死了也没什么遗憾了。从此之后，每当谈到生命科学时，在沃森和克里克的名字之后，都会加上他的。

他抬头看了看时间，2036 年 4 月 6 日，双螺旋发现的时候是哪年来着？对了，1953 年。这样算来，已经过去八十三年了。沃森和克里克成功搭建了 DNA 结构，轰动了世界。于是有些科学家认为，基因的秘密即将被全部揭开。但时间很快证明，这个论断过于草率了。

2000 年，人类基因组草图绘制完成。以致当时有人预言，人类即将取代大自然，成为新的造物主。但后续表明，人们过于乐观了。虽然基因的结构已经一览无余，但关于基因的功能和机制，根本毫无头绪。如果把基因比喻成一本书，可以说人们虽然拿到了 DNA 这本书，知道了这本书的每一页、每一行、每一个字母，但不知道如何解读，更不用说控制。每一次对 DNA 的研究，都会发现更多的疑问。每一次基因操作，都伴随着超高的脱靶效应和不可控的突变。遑论实用方面，更是步履维艰。

当时的人一定想不到，基因研究这条路这么难走。

但现在，艾维走在了所有人的前面。

自大学毕业后，艾维就留在了霍普金斯大学碱基实验室，一直从事基因科学的研究。从青丝到白发，艾维的一生都在求解一道题目，如今终于得到了答案。

艾维研发了一项新技术，可以精准提取、替换任何碱基，精准度几乎百分之百，并且不会对基因的其他部分产生影响。可以这样理解，艾维的研究成果，就是把整本书做成了活字印刷版，人们可以根据自己的意愿，精准地任意修改其中的某些部分，甚至某个字。人们可以进行更精细的实验研究，同时基因医疗的精确度和成功率也会进入前所未有的阶段。

此时正是深夜，偌大的实验室空空荡荡，只有艾维一个人。梦想实现后的空虚感，让他有点儿茫然。他连续喝了两杯伏特加后郑重地做出了选择。他决定放弃这项专利，要把这个发现贡献出去，供科研机构和基因医疗公司去试验、去探索。在基因治疗这条路上，人类走得太慢了，需要加快点儿速度了。

于是，他拿起电话拨通了一个号码，说："喂，钟献吗？"

第一部分

# 生命是物质复杂性的延伸

## 1.

在今天之前，沈音没遇到过什么挫折。因为从他出生的那一刻起，日子就被安排得明明白白的，根本不用他操心。

沈音继承了父亲沈承真的精明，同时也继承了母亲的聪慧，虽然贪玩得厉害，但在父母的严厉管教和一批批私人老师的监督下，他还是进入了全国首屈一指的国中交通大学，开始学习遗传学专业课程。他从没想过自己是不是喜欢这块儿，因为他知道作为家里的独生子，他以后是必然要接手父亲的产业的——包括三家医院、一家生物制药公司和一家医药研究所。

大学期间，沈音对遗传学专业的知识学了个迷迷瞪瞪，在经营上却是无师自通、如鱼得水。沈母有点儿沮丧，孩子没能像她一样，成为这个领域的专家。沈父则谢天谢地，儿子作为一个贪玩的公子哥，至少还有一样拿得出手。看看身边的那些朋友家的孩子，纸醉金迷，惹是生非，惹起事来本事大了，可办起来事一个比一个拉胯。在他看来，这个儿子可以打个80分。

沈音在国中交大读完本科后，先被送到英国伦敦帝国学院，后又被送到了美国麻省理工大学，一层一层地加金。俗话说，熟读唐诗三百首，不会作诗也会吟。沈音虽然心思不在学业上，但连着被熏陶了几年，也可以算是半个专家了。

学业有成归来的时候，沈音二十八岁，沈父五十九岁。

虽然到了快退休的年龄，但沈父的身体素质远超同龄人。这也难怪，自己家又治病又产药的，检查肯定也少不了，再加上饮食科学、营养均衡，身体想出问题都难。所以，沈父牢牢控制着手中的医药帝国。这就留给沈音很多试错、学习、攒经验的时间。

沈音先在药厂里工作了两年，而后在父亲的支持下，成立了同源生物制药公司。启动资金是家里面出的，而技术人才是沈音这几年上学时物色的同学、老师，专门研究基因方面的疾病。仅仅四年，同源生物制药公司已经成了同源集团的旗帜，代表着同源医疗技术的顶峰，所做的也都是医药领域最前沿的研究——延寿。

延寿有很多种方式，其中一种就是端粒修复治疗。爱仕集团的董事长万祺霖，就是在同源做了这种治疗。但刚刚，同源的首席研究员——钟献告诉他，万祺霖死了。

原本万祺霖的手术非常成功。可一个月前，万祺霖的妻子忽然打电话过来，说万祺霖身体出了问题。钟献以为是手术没有做好，结果发现并不是，万祺霖的症状不符合任何记录在案的副作用表现。直到十多天前，同源的医生才确认，万祺霖感染的是一种全新的朊病毒。本来感染朊病毒就是必死，更何况又耽误了这么长时间。

同源后来确实采取了一系列应对举措。说是在治疗，但其实都没什么用，只是在延缓万祺霖的死期。这点儿时间对万祺霖没什么意义，但是对同源意义重大。自从知道万祺霖必死的那天起，沈音就在策划应对方案。

"该来的总是要来，咱们按照制订的计划来做就好了。"沈音言语上听不出一丝慌乱，"万祺霖家人那边什么反应？"

"有点儿难办。他们反应非常激烈，认为是我们的医疗过程出现了问题，不依不饶。"总裁助理姜愉说。

姜愉是沈父给沈音安排的助理。沈父对这个儿子什么都满意，就是嫌他太爱玩。加上多金，而且长得也不差——其实只要有了钱，长相都不会差到哪儿去。狐朋狗友和各种女人一波一波地往上扑，沈父非常怕他一出溜就掉沟里，于是，在公司成立之初，沈父就提了个不可讨论的条件——给他找一个助理。这哪是配个助理，这是找人来看着自己！沈音一开始不同意，但最终胳膊拗不过大腿，看在姜愉漂亮的分儿上，还是让她就职了。不过，他很快就发现，这姑娘绝不仅仅是个花瓶，不知道是老爸物色了多少人才选出来的。漂亮之外，她业务精通、冷静干练、周密细致。除了总有一种被盯着的不自在感外，沈音在公司业务方面，还真离不开她。

"爱仕这么大的一家公司，创始人忽然没了，肯定要讨个说法的。"沈音说，"为了活命肯花钱的人，折腾起来更舍得花钱。"

"万家我会保持接触，把他们稳住。"姜愉说，"另外，我觉得我们可以先跟官方打个招呼。现在已经确认万祺霖是死于一种新型的朊病毒，这可不是小事，官方有必要知道。还有，也是在万家之前与官方建立联系，占个先机。"

沈音看了她一眼，点了点头。

"还有一件事。咱们原本计划在半个月后，要开一场发布会……"

"照常举行。既然万祺霖的死不是我们的责任，那我们就不能给任何人一丁点儿这样的感觉。不但要办，而且要光明正大地办。"

"好，我明白了。"

"你先去忙吧。"

姜愉离开了，房间里只剩下沈音和钟献两个人。沈音看了他一眼。

钟献今年有六十多岁，戴着一副金框眼镜，头发黑白斑驳，但精神丝毫不减。

"尸体单独存放起来了，所有接触过万祺霖的人都做了全面检测，包括万祺霖的家人，目前还没有发现感染者。这也不是说就安全了，朊病毒说是病毒，本质其实是蛋白质，而且潜伏期很长，以后检测怕是要定期做了。不过，朊病毒并不容易传染，不用太当回事。"钟献语气比沈音还稳。

"这事你看怎么做合适就怎么做，自己定就行，"沈音毫不在意地摆摆手，"我关心的不是这个。我只想知道一点，这事究竟是不是我们的责任。"

"不是，可以百分之百确认，不是。"

"那我就放心了！"沈音长出了一口气，"万祺霖是怎么感染的，有头绪吗？"

钟献摇摇头："说来也怪，我把能想到的都查了，就是找不到感染源。"

"那就不在这个地方耗时间了，交给官方去查吧，他们可调动的资源比咱们多。有件更重要的事需要你做。来，坐，咱们好好计划下。"

半个月过去了，公安局对万祺霖死亡的调查几乎没有什么进展。这并不是局里不重视，在这件事上，应该说公安部还是挺积极的。前脚同源刚上报了一例朊病毒死亡病例，后脚爱仕的老板娘就报案，说自己的丈夫因接受同源的治疗而死。爱仕和同源都是本市首屈一指的大企业，每年贡献大量的 GDP，现在这俩出了事，而且是一个被告一个原告。更何况还有一个搞不清从哪里来的朊病毒，说不害怕都是虚的。

为此公安局立即安排了人手调查，但是结果实在有点儿不理想。医疗纠纷没整明白不说，朊病毒的来源和目前局势也没探出个底。究其原因，调查这起案件，需要一个有点儿医学常识或者办理过类似案件的人，要不然根本摸不到头绪。局长周辉想来想去，就把正在休假的魏雨晴叫了回来。魏雨晴进入警队之前，是医学院的高才生。

"从同源提供的资料看，这确实不是他们的责任。"魏雨晴迅速过完手中的资料，"不过，这些资料都太表面了，根本看不出什么有用的信息来。"

"所以，你知道我为什么一定要找你回来了吧？"周辉说。

"这事比较复杂，我想先见见万祺霖的家人。"

"那你今天来对了，万祺霖的老婆说有重要的事情要向我们汇报。他媳妇很虎，一会儿你不要说话，我来应付就好了。"周局话锋一转。

虽然这是初次见面，但魏雨晴一眼就看出，这个叫刘思敏的女人绝不是什么善茬。失去丈夫的痛苦和悲伤，从她身上完全看不出来。她五十岁左右，身材保持得相当好，整个人十分凌厉。

"刘女士，请问您来是有什么事？"周局问。

"我们有一些资料要提供给警方。"刘思敏没有说话，倒是她身边的律师接过了话头。这位律师说完，从包里拿出一沓纸来，恭恭敬敬地递给了两人。

周局和魏雨晴对视了一眼，接过了文件，立即翻开看了起来。两个人都是心里一惊，但表面上还在保持镇静。粗看完，周局把文件收拾好给了魏雨晴，示意她收好。

"确实是重要资料。"周局拉着脸，"但是，调查是我们公安局的事，私人无权调查，请你们注意。"

"我们只是打了几个电话，就拿到了这些信息。严格来说，这算不上调查。"万家律师扶了扶眼镜。

文件中的信息绝不是打几个电话就能拿到的，万家一定是花了不少钱，才从国外搞回来的。万家律师这样说，一方面是避违法之嫌，另一方面也是向两人示威。

"有了这个，你们就可以抓人了。"刘思敏的眼神十分凌厉，来回追着两人的眼睛。

"这份资料确实大大增加了同源和钟献的嫌疑。"魏雨晴说，"但跟本案没有直接的关系，还要找到更直接的证据才行。"

"那你们最好快点儿去找。我每年缴税几千万，你们得让我觉得这钱花得值。"刘思敏说完，扭头走了出去。那位律师随后也跟了出去，只是在走之前，递给魏雨晴一张名片，表示如果有任何需要配合的地方，请随时联系他。

看着两人的背影，魏雨晴眨了眨眼睛，撇着嘴点了点头。

"她跟上面很熟的，这次来估计是想给咱们施压。"周局笑着说。

"这个我可管不着。"魏雨晴捡起桌子上的资料，详细看了起来，"不过，这份资料是真有意思。"

"是。"周局立即把心绪重新拉回案子上，"这个钟献问题很大啊，还做过非法的人体实验。我给你安排一下，你去一趟同源。"

"这个不劳您操心，我自有办法。"魏雨晴说，"您还是想办法应付上面吧，刘思敏肯定不会就这么干看着。"

## 2.

当徐景炎拿到诊断结果的时候，他无论如何都不能相信。

"这不可能。"

李医生个子不高，虽然头发白了一半，但人很健硕，思维灵敏，吐字也清晰。他递给徐景炎一份检查报告："这是我们医院最先进的机器做的检查。最开始，我也以为是检测的问题，但后来连续做了几遍，都是同样的结果。"

"可……李医生，你知道的，瑶瑶和露露是同卵双胞胎。如果瑶瑶是遗传病的话，那露露也不可能正常。可这个诊断……"

相较于徐景炎的急切，李医生则显得异常冷静："这对于一个普通人来说，确实有点儿难以理解，涉及一些专业知识，我尽量说得通俗一点儿，不懂的地方，你随时问。人，无论男女，都有二十三对儿染色体，其中二十二对儿都是一样的，还有一对儿是性染色体，也是男女生理差异的根源。"

"这些中学的时候学过。"徐景炎着急道，"您就直接说到底发生什么事了。"

"你别着急，"李医生示意他冷静，"女性的性染色体为 XX，而男性的性染色体为 XY。所以，女性是比男性多一条 X 染色体的。在基因表达时，必须保持数量不出现波动，如果出现了偏差，会导致致命后果。你知道'21-三体综合征'吧？"

"患者是 21 号染色体多了一条，从正常的两条变成了不正常的三条。"徐景炎说。

李医生点点头："没错，他们比常人多了一条染色体。但是你听说过'20-三体综合征'或者'7-三体综合征'吗？"

徐景炎回忆了一下，记忆中没有。他摇了摇头。

"21 号染色体是人体的染色体中最小的，上面的基因也比较少，所以患病的胎儿能勉强活下来。但是，如果其他染色体多一条，胎儿根本无法活到分娩，就会自动流产，这就是几乎只有'21-三体综合征'的原因。"

"那和瑶瑶有什么关系？"

"为了保持基因表达的正常量，女性的两条 X 染色体会关闭一条。这条染色体会萎缩，不再表达，你可以理解成永久休眠。瑶瑶和露露都有两条 X 染色体，但露露关闭的是有致病基因的那条，而瑶瑶关闭的是正常的那条。这就导致她们一个正常，一个带有遗传病。另外，瑶瑶的病我没见过，不知道具体是哪些基因异常导致的。露露和瑶瑶的情况确实非常罕见，从医这么多年，目前我也只见过她们这一例。"李医生的话语中带着无比的歉意，"只有真正的专门医治遗传病的医院，才有可能能救瑶瑶。"

徐景炎脑袋嗡的一声响。他无论如何也想不到，瑶瑶这个病会如此罕见、如此麻烦。

如果说这两年的生活让他感到痛苦，现在则多了些许茫然。

"瑶瑶可以先留在我这里几天，我虽然没办法治好她，但这里毕竟是医院，控制病情还是能够做到的。"李医生说，"我也挺喜欢这个孩子的，想跟她多聊聊天。"

谁会不喜欢一个懂事的小孩子呢？徐景炎离婚的时候，两个女儿才两岁。父女三人，就这么过了几年。生活虽然辛苦疲倦，但瑶瑶懂事，露露活泼，也算苦中有乐。满以为两个孩子长大了懂事了，这种生活就算熬到头了，可偏偏又遇到了这种事情——亿分之一的概率。他不知道生活是怎么走到这种境地的。

徐景炎回到瑶瑶的病房时，露露正趴在床边跟姐姐说话。

"露露，来姐姐这儿吃糖。"瑶瑶的护士薇薇说。

露露看了看姐姐，又看了看爸爸，轻笑着屁颠屁颠跟着小姐姐出了病房。瑶瑶扭过头看着爸爸，徐景炎很想做出一个轻松愉快的表情，但无论如何也做不到。

瑶瑶说："爸爸，我病得很重吗？"

徐景炎轻轻摇了摇头："李医生说了，你就是身体弱。"

虽然瑶瑶只比露露早几十分钟出生，但姐姐与妹妹的角色相当分明，姐姐懂事，妹妹天真。而这将近一年的生死经历，让瑶瑶过早体会到了生活的艰辛和痛苦，也见识了一次又一次的死亡。此刻，她表现出了远超这个年龄的成熟。

“爸爸要去安排一些事，你先在这里住两天。等过了这两天，我就接你回家。”

“爸爸不用理瑶瑶，去做你的事情好了，我能照顾自己。”

两人走出医院，徐景炎见露露低着头皱着眉，一言不发，忙问怎么了。

“姐姐不跟我们回家吗？”露露噘着嘴。

“姐姐还要在这里住两天，我们先回家。”

“我要姐姐。”被保护得很好的小姑娘还不太理解发生了什么事，但能感受到那种沉闷的气氛，稚气未消的声音中带着哭腔。

“露露乖，我们明天再来看她。”没见她应声，他又说，“姐姐说她想知道《小猪佩奇》下一集是什么，你今天回去看，明天说给她听好吗？”

小姑娘的注意力被引开了，她的脑袋现在被姐姐的小小要求填满了。她坐在车的后座上，不说话也不抬头，就盯着手里的玩偶熊，重重点着头。

徐景炎放下心来，他缓慢启动了车子，在回家的路上想着解决办法。

他想到了一个人，一个昔日的同窗好友——沈音。在徐景炎的世界里，只有他有能力救瑶瑶。但他们是两个生活在不同世界里的人，也许久未联系了。徐景炎不知道去求他会是一个怎样的结果。可他已经没有其他选择了！

3.

　　距离新闻发布会还有二十分钟，化妆师给他整理妆容的时候，沈音在心里一遍一遍梳理着演讲词。这次的新闻发布会极其重要。他要在发布会上公布一项重要的科研成果——同源的研究所又定位了一个关于寿命的基因。这将助推同源进入基因治疗领域的第一集团。

　　"沈总，距离发布会还有十九分钟。准备已经完成，所有媒体也都已经到齐了。"姜愉用职业性的声音机械地提醒道。

　　"愉姐，一会儿我有个朋友要来，"沈音说，"你接待下。发布会结束之后，我们要去吃个饭。"

　　"需要订饭店吗？"

　　"不需要。一个大学同学，好长时间不见了。"

　　"好。"

　　"对了，万祺霖的事怎么样了？"

　　"官方正在调查中，两件事都还没结果。"

"两件？"

"万祺霖死因的责任归属和阮病毒的来源。警方对我们的配合很满意，只是……"姜愉放低声音，"万祺霖的家人很难缠。"

"是件麻烦事。等发布会完了腾出精力来，赶紧把这事清了。"

"要不……找下沈董？让他出面压一下。"

"不找不找，"每次姜愉提起他父亲，沈音就会烦，"我的事，我自己解决。"

昨天徐景炎打来电话，沈音就告诉他今天来繁阳酒店，等新闻发布会之后见个面，好好聊聊。这是徐景炎所能知道的，救活瑶瑶唯一的机会了。他不想有任何意外出现，早早就来到了酒店，生怕错过。

会场的安保相当严格，入场的几乎都是媒体，如果不是沈音提前跟姜愉打过招呼，徐景炎大概会一直被封在外面。其实，这么快就能跟沈音见上面，已经是破例了。如果按照正常流程，他大概需要排半个月的队才能见到沈音。

徐景炎刚到酒店门口，一个漂亮而又职业感十足的姑娘就迎了上来，带着他进了酒店。

"发布会开完，沈总就会来见您。"姜愉礼貌而优雅，"您是在房间里面等，还是在这里等？"

"这里就可以！"徐景炎说。他太想见到沈音了，太想给瑶瑶找条活路了。除了这里，他现在哪儿都不想去。

"请您稍等一会儿。"姜愉带着职业性的笑容闪身离开了。

发布会正式开始，沈音一上台就看到了站在角落里的徐景炎。并不是徐景炎有多高大抢眼，而是因为整个会场除了坐在中间端着相机的记者，就是穿统一制服的工作人员，所以徐景炎就显得十分突兀了。两人的眼神一接触，徐景炎微微抬了抬手，沈音则微不可察地吊了吊嘴角。

虽然很轻微，但这个动作没有逃过一个女记者的注意。

看着台上的好友一身正装，在聚光灯下、镜头前侃侃而谈，再看自己落魄窘然至此，他有了一种强烈失真的感觉。也就是十年的光景，两人却似乎进入了两个世界。他对今天最终结果的期望下降了不少。

姜愉又出现了，她把徐景炎领到角落的椅子上坐下，又给他倒了一杯水，问："您是沈总的同学？"

"高中到大学都是。"

"一定是那种关系很好的同学，他为了见您，把已经约好的一个合作项目都推了。"

居然能得到如此对待，徐景炎刚刚泄掉的气力又恢复了几分。"真的抱歉，我不知道他这么忙。"

"您不用介意，这是他自己的决定。"姜愉微微一笑，"那您在这里稍坐一会儿，等发布会结束，我带您去见他。"

"麻烦啦。"徐景炎点头致谢，姜愉起身离开。

衣服、模样、身份都变了，但沈音还没变。此时，眼前的沈音与记忆中的沈音重合了。

发布会进入了记者提问的环节。最开始，每个人的提问都是正常的，都围绕着发布会的主题来问。这很正常，这些媒体都是沈音请来的，自然全部打点过了。直到一个男记者站起来，气氛变得沉重起来。这位男记者个子小，但非常敦实，有点儿矮脚虎王英的样子。他站起来，正了正鸭舌帽："沈总您好，这段时间有个传言，说同源发生了一起医疗致死事故。请问是真的吗？"

"这不是本场发布会要讨论的问题。"沈音努力保持微笑。

"这么说，传言是真的了？"

一石激起千层浪，其他记者也像鲨鱼嗅到血腥一样，不走神了，也不打瞌睡了，本已经放下的相机一瞬间又举了起来，捕捉着沈音脸上每一个细小的变化。

同源的所有人都紧张了起来，沈音稳稳地站着，丝毫看不出惊慌。

"是有什么信息不方便对外公布吗？"矮个儿男记者步步紧逼。

人群哄的一下，嗡嗡作响起来。姜愉脸色煞白，刚要起身，却看到沈音晃了一下头。外人看起来，就是舒展一下筋骨，稍稍放松一下，但姜愉分明清楚，这就是让她不要动。

沈音清了清嗓子："本来这件事不应该在这里，也不是这个时候讨论。但既然已经问到，我这里就提一下。第一，这是不是医疗事故，还在调查过程中，并没有最终确定，请您注意措辞。第二，这件事的调查已经交给了警方，我们也已经提交了全部的资料。"

"请问有没有可能，同源在治疗死者的过程中，有违规行为？"矮个儿男记者不依不饶。

"我们所有的治疗过程都有详细的记录，包括治疗方式、时间、用药……我说过，警方已经在调查了。"

"那现在……"矮个儿男记者还不甘心。

"事情调查清楚之后，我们会开一场专门的发布会，解答所有疑问。如果还想知道更详细的信息，恐怕只能打电话去问公安局了。"沈音的音量提高了两倍，一字一顿，音咬得极其清晰，双眼牢牢锁定矮个儿男记者。虽然继续保持着平静的态度，但作为医药寡头的威厉还是冒了出来。

矮个儿男记者被沈音盯得有点儿浑身不自在，气势上软了一半，想再逼问一句，但嘴巴有点儿张不开。当记者的，见的人多了，经历的场合也多了，懂得什么叫审时度势。同源财大业大，树大根深，惹恼了他们，估计自己的饭碗就没了，于是见好就收，而且自己的目的已经达到了。在重要成果发布会的现场被追问医疗事故，不需要他再做什么，明天同源就会成为舆论旋涡的主角。你可以永远相信现在的媒体人编排故事的能力。矮个儿男记者擦擦汗，心想爱仕这笔钱赚得也挺不容易的。

发布会终于结束，而此时徐景炎的心已经沉到底了。沈音现在明显在火大的状态，自己多年不跟人联系，破天荒打了个电话，上来就求人办事。这事还能成吗？

送走最后一拨客人，沈音终于得出空来，快步下了楼。"景炎，等半天了吧？"话刚说完，人已经到了跟前，他上下扫了两眼，"这么多年没见，你这变化可是有点儿大啊，差点儿就没认出来。"沈音完全变了一个人，没有了刚刚面对镜头的从容，也没有了面对质问的威严，俨然一个邻家大男孩儿。

离婚之后，双胞胎女儿判给了徐景炎，他又当爹又当妈，一点儿想不到都不行。而瑶瑶的病让情况变得更糟，他整个人看上去比实际年龄老了十岁不止。相比之下，沈音实在潇洒太多了，虽然有一个大公司要管，但到了细节上，总有一批人帮忙分担。

"倒是你，完全不像几年前了。"徐景炎是真这么想。

"哪儿不一样？"沈音上下打量了自己一番，"好像是有点儿。唉，毕竟这么多年过去了。"

"你女儿呢？"沈音说，"没带过来？"

"大的在医院，小的在幼儿园，都没带过来。"

"来，慢慢说，到底怎么回事？"沈音顺手拉过两把椅子，招呼徐景炎坐了下来。

"我女儿病了，只有你的医院能治。"徐景炎开门见山说道。

"什么病？"

"还没有定名字……之前去的医院说从没见过，"徐景炎说，"只知道是 X 染色体异常引起的生长缺陷，具体表现很复杂。最开始只是简单的走路不稳，就是失衡，我也没当回事。之后就越来越严重，心脏出现了骤停，那个时候才知道出事了。再后来，就开始出现内出血。之前的医院说从没见过，是一种新的病症。"

"听起来有点儿类似于进行性肌营养不良，但是要严重得多。"

"医生说她随时都有可能……"徐景炎没勇气亲口说出"死"

字，"我和她妈妈都做了基因检测，没发现什么异常，那边医生给出的结论是基因突变，我不太懂……"

"也不是没可能，基因的事谁说得准？我做这行有几年了，每年都会遇到几例没见过的病。而且我们现在的环境因素影响太大，化学、辐射、污染，什么都会引起突变。"沈音说，"而且有时候一连变几十个碱基对都没问题，可有时候变一个，人就废了。有种病叫囊性纤维化，就是只错了一个碱基对，呼吸、生育、消化就都出问题了。"

"那就只能等进一步的检测，才能确定问题点了。不过，我们还有个特殊的情况。"徐景炎说，"瑶瑶有一个同卵双胞胎妹妹露露，她是正常的。之前医院说，瑶瑶和露露一个患病一个正常，极有可能是两个人关闭的 X 染色体不是同一条。如果要给瑶瑶做基因检测，用露露的正常基因做对比，会不会更快一些？"

"啊……这都能让你赶上了。"沈音立马眼睛瞪得溜圆，"这比中彩票头奖还难。"

"好事上就从来没有这个运气。"徐景炎说。

"的确有点棘手啊！"沈音陷入沉默。

这段沉默对徐景炎来说无比煎熬，生怕沈音说出一个"不"。"我知道这个病治起来花费不会小，但我手上还有一套房子，值点儿钱。"徐景炎说。

"这事一会儿再说。"沈音叫停了徐景炎的表决心。虽然他做的不是慈善，但他真不缺这个钱，他考虑的不是钱的问题，而是这个病他是否能治。专业上，虽然沈音只学了个半吊子，但基本医学常识还是不缺的。遗传性疾病的治疗，可不像想得那么简单。他考虑再三，觉得这事还是得交给更专业的人。

沈音说："瑶瑶的病历你带来了吗？"

"带来了。"徐景炎从随身的包里掏出厚厚一沓纸，上面记录着瑶瑶生病以来做过的所有检查、吃过的所有药物、接受过的所有治疗。

沈音接过来，道了一声稍等，转身上了楼。过了约莫15分钟，他双手空空地回来了："我把病历给了我们这边的一位教授。具体能不能治，还得等他看过之后再判断。走，咱们先去吃饭，这么多年没见，可得好好唠唠。"

徐景炎哪吃得下去饭，但他此时没有权利拒绝沈音提的任何要求。毕竟自己有求于人，哪怕对方是曾经的好友。

沈音没有带他进酒店，点几个千儿八百的菜，要瓶好几千的酒，摆摆有钱人的谱。他屏退了身边所有人，两人从酒店出来，进了一家海鲜自助。徐景炎记得，他大学拿到第一笔奖学金后，两人吃的就是自助餐。好怀念啊！那个时候是真的好。虽然穷点儿，但真可以没心没肺地疯。

两个大人找到了点儿年轻的感觉，心里舒畅了几分。两人来来去去，把吃食摆满了一桌子。沈音把小门一关，隔绝了视线和声音，小屋子立即清净了。还没说话，沈音拿起酒杯，自己先灌了一杯。

"啊……"又苦又凉，沈音发出一长串啊声，"我都好久没喝过啤酒了，还是这个解渴。"

"我也是。"徐景炎还是闷闷的。

"我说你先别这么丧，一点儿用没有。遇到问题，咱们想办法解决就是了嘛！"

徐景炎长叹一声。他如何不知道这个理？但话好说，事难做，劝人容易自劝难。事情没落在自己身上，拿起放下都轻松。没有真正地在失望和绝望之间打几个来回，是不可能深切体会到的。

"我说你也太不够意思了，这么长时间也不打个电话，现在有事才想起我来。"

"谁让你这么有钱。"这是徐景炎的真心话。

上高中的时候，徐景炎仅仅知道沈音家有钱。到上了大学，才知道他们家这么有钱。但直到毕业之后，从零零散散的信息中，他才知道沈音真正的家底。这让徐景炎产生了巨大的落差感，尤其是在两个人的关系上。社会地位相差太多的人，很难成为真正的朋友。在徐景炎看来，两人已经不再平等了。沈音出国后，两人的空间距离也拉开了，更没有了共同的话题。加上担心自己被认为是攀附，就更不会主动联系他了。两人就这么越走越远。如果不是因为瑶瑶的病，两人之间怕是不会再有什么交集了。话说回来，只有真正需要钱的时候，人才会明白钱有多重要。

"我老早就说，你心思太多，可都没用到正地方。"沈音说，"你媳妇呢？怎么没见？"

"三年前离婚了。"

"你现在自己养两个女儿？"

"是。"

"那你压力够大的。"

这岂是一个"大"字能概括的？瑶瑶生病以前，虽然忙得四脚朝天，但父女三人还能勉强度日。瑶瑶生病之后，情况急转直下。为瑶瑶四处奔波的这段时间，积蓄像开闸的龙头哗哗往外流。复杂的病情也让他无暇顾及工作，结果不久就失业了。徐景炎还记得离职前的最后一天，公司老总满脸歉意地跟他说了好几个辞退理由，然后给了他一个袋子，里面是他三个月的工资。徐景炎给他深深鞠了一躬。他明白公司不是慈善机构，这段时间已经得到了诸多照顾，没有资格要求更多了。无论是对人还是对公司来说，活着都不是一件简单的事，它并不会因为你的不幸而放过你。这种艰难渗透在日常中的每一秒，隐匿在生活中的每一角。躲不开，逃不掉，连崩溃的资格都没有。回想起来，徐景炎都不知道自己是怎么过来的。

"都是过去的事了。"徐景炎轻轻一笑，"说起来你也认识她，陆瑶。"

"知道，大学就和你在一起了。"沈音给徐景炎倒了一杯啤酒。

"你呢？怎么就这么一直单着？"徐景炎换了话题。

"不想被管啊，我爸也不催，"沈音说，"而且，现在公司正在节骨眼儿上，这时候可不能岔劈了。"

……

现在的沈音完完全全是上学时那个吊儿郎当的样儿，跟刚才判若两人。这人格切换也太快了，徐景炎忽然发现自己可能一直没有真正认识沈音。

　　正说着，沈音的电话响了起来。他接了电话，"嗯""哈""好"地来回应了几句，挂掉电话说："瑶瑶的病有点儿复杂。咱们先吃饭，吃完直接回同源的研究所。"

　　徐景炎现在哪里吃得下东西，倒是沈音气定神闲，一切尽在掌握。

## 4.

下午，同源集团研究所。

徐景炎一个人坐在会客室的椅子上已经一个小时了，沈音还没有出来。会客室的布置简洁而精细。屋子通透，阳光把他背后的一整面墙都铺满了。窗子也通透，能看到外面的车和人。室温稳定在 27℃，安逸宜人。椅子软弹安稳，茶香满屋。这样的房间适合做任何事，唯一不适合的就是等。徐景炎心里乱糟糟的，饶是经历过无数次听天由命，也无法安然坐着。他只得来回踱步，来缓解焦虑。

又过了不知道多长时间，好像有一个冬天那么长，沈音进来了，身后跟着一个穿着医护服的人，六十多岁，戴着厚眼镜。虽然上了些年纪，但皮肤很白，整个人的精神和气场都很足。

"景炎，这是我们研发中心的主任医师，钟献教授。"沈音给两个人做介绍，"钟教授，这位就是徐晓瑶的父亲，徐景炎。"

钟献看到的是一个焦虑的父亲，在即将听到宣判的时候，手都在颤抖。徐景炎看到的是一个深沉老练的医生，平静得仿佛一口古井。

"钟老是同源研发部的顶梁柱，具体有多厉害，你慢慢会了解，我就不多说了。中午咱们去吃饭的时候，我把瑶瑶的病历给他看了。他会跟你说一下我们的结论，最后的决定还是你来做。"

"徐先生，您好。"钟教授微微欠了欠身。

"钟教授，您好。"徐景炎鞠了一个大躬。

"瑶瑶的病历我仔细看过了，这个病的确非常棘手，我现在只有一个大体的思路。下面我说一下，您仔细听。有不懂的地方，可以随时打断我，我会解释到您听明白为止。"见徐景炎点了点头，钟献继续说，"瑶瑶是染色体失活发生了异常。"

"嗯，在上家医院，那边的医生给我解释了。"

"嗯，下面我说一下原因和猜想。"钟献说，"女性的一条 X 染色体失活会紧缩，就像压实了一样，研究中我们把它称为巴氏小体。曾经有很长一段时间，科学界认为两条 X 染色体中哪条失活是随机的。但现在的研究有了新发现——这个过程的决定因素在一段垃圾 DNA 上，我们称为 Xist 基因。"

钟献停顿了一下，见徐景炎没什么疑问，继续说："Xist 基因转录形成 Xist RNA，Xist RNA 会攀附在其中一条染色体上，像藤一样延伸，覆盖整条染色体，同时还会吸附一些蛋白质。在这种缠绕加覆盖的共同作用下，这条染色体的基因就不再表达。而整条染色体上唯一没有被覆盖的部分，就是它自己。所以我们能够定位 Xist 基因的位置，而且相当容易。至于 Xist 基因是如何工作的，确实太复杂，不太好理解，但可以确定是两条染色体经过了一些争斗的结果。这些你能听得懂吗？"

"哦，我大学学的是生命科学，多少能听懂一点儿。"徐景炎说。他也有东西没说，那就是自己本科毕业之后，早早就进入了一家营养品公司，从事产品经营的工作，距离科研渐行渐远。

"瑶瑶的治疗大致分成两部分，一个是控制，一个是治疗。就目前来看，我们有控制的能力，通过现在已有的药物稳定病情。当然，这是治标不治本的方法，只能用来争取时间。接下来就是根据检测的情况，找到她起作用的染色体上致病基因的位置。最后是治疗，目前比较成熟的方法是进行基因编辑，用正常基因替换致病基因。而最理想的情况是找到一种方法，把两条染色体调换一下，让致病染色体失活，让正常染色体表达。"

"成功率有多高？"

"控制病情比较简单，我们有把握进行有效控制；基因编辑治愈的成功率是30%；从根上把两条染色体大逆转的成功率，不超过1%。"

"只有30%吗？"

"基因的复杂性远远超过你的想象。并非找到错误基因替换即可。自人类基因组计划完成以来已经五六十年了，可随着人们研究的深入，基因的世界不但没有变得更明朗，反而越来越复杂，未知的运行机制越来越多。瑶瑶的病涉及多个基因，30% 是一个比较客观的预估。"

作为一个懂点儿生命学的人，徐景炎大体知道钟医生所言非虚。现在的科学研究深度极大、发现极多，具有划时代意义的却极少。

"要治的，要治的……"徐景炎慌慌地说，又向钟献鞠了一躬。

"我一定会竭尽全力去救治，但无法保证一定能治好。我们有很多的成功经验，但失败经验更多。"

"我明白，如果您都不能治好她，那恐怕也没人能了。"徐景炎鼓足勇气说，"我需要准备很多钱吧？"

人穷久了，做什么事都没有底气，徐景炎问出这个问题的时候，已经在盘算怎么筹钱了。

"这个你得问老板。"钟献微笑着瞥了瞥沈音，"我只会看病，不会看钱。"说完，他转头走出了房间，只留下沈音和徐景炎两人。

"真尴尬，没想到十年后第一次见面，居然要跟你谈这个。"沈音努力缓和气氛。

"你能为瑶瑶看病，已经是帮了我大忙了。先别管交情，你平时怎么定价，现在就怎么定。"

"你现在做什么呢？我是说以什么养家？"

徐景炎一愣，搞不清楚沈音问这个是什么意思。他在原来公司从事市场运营方面的工作，攒了一些钱，但现在这些钱到了不同的地方——房子、医院、前妻。丢掉工作之后，徐景炎用空余时间做英文翻译，这也是他目前的主要收入来源。但他心里也明白，这根本撑不了多久。

"我有个提议——你来我们公司吧，还是从事你这份工作，给瑶瑶看病花的钱，我从你工资里面扣。"

啊——

徐景炎万万没想到。

他其实想了很多，比如卖房子，比如多接几份翻译的活儿，比如挑战一下做同声传译，再比如跑跑出租……他千想万想，也想不到自己来这里看个病，还能顺道找一份工作。

"你之前平均下来每个月能拿多少钱，我给你多一倍。不过，我扣掉总体的四分之三。"

"我已经把学的那些东西忘得差不多了，恐怕没法帮你做研究。"

"不用你干这个，同源干这个的人已经足够多了。虽然我也还没想好，但可以肯定，同源会有适合你的位置，"沈音摆摆手，"比如还做市场，或者还做翻译工作，这可以慢慢再说。怎么样，来不来？"

当然来，徐景炎想不到任何拒绝的理由，接了这份工作，他们父女三人就都能活下去了。他故作慎重，停了几秒后说："我明天就来上班。"

徐景炎走后，姜愉从门外闪了进来，给沈音倒了一杯茶。"这买卖是不是太亏了点儿。"

"怎么说？"

"给人看病就算了，还给了个差事。怎么看都回不了本儿，这不是你风格啊。"

"你不懂，景炎是真的有天赋，如果不是命不好，碰上了事，现在肯定有不小的成就了。"沈音仰着头，靠在椅子上来回转动，手里盘弄着的杯子发出清凌凌的声音，"最重要的是，他知恩图报。同源给他女儿看病，他绝不会背叛同源，这笔买卖绝对不亏。"

"病历我看过了，有很大难度。投入不会小，但结果恐怕不会乐观。"姜愉换了一个话题。

"这不就是钟教授想要的吗？"

*5.*


"查得怎么样了？"周局问。

"没查到什么有价值的线索，似乎都很正常。"魏雨晴坐在椅子上，仔细回想着这段时间查到的信息。

"根据经验，你觉得是他们事干得干净，还是人本身干净？"

"不好说。"魏雨晴说的是实话，"万祺霖做的是端粒修复的手术，在整个医学延寿领域都属于高精尖的那种。我也不是太了解，只知道个基本情况。"

"端粒？干吗的？"周局问。

"控制细胞分裂的。端粒在染色体的两头。人体有23对儿染色体，每条染色体的前端和后端，都有一个端粒。这样算来，人体中就有92个端粒区域。它本身不含有基因，但有个特别奇怪的属性：随着细胞分裂，端粒会不断缩短。"魏雨晴已经尽量通俗了，但专业术语还是绕不过去，"每个公司在寿命延长方面的技术和方式都不一样，有的是对基因进行修改，有的是为器官找替代品。同源就是前者，主攻端粒修复。本身是想续命，结果却被索了命。"

"你有什么想法？"周局问。

"上周，我以记者的身份去了同源的发布会，见识了一下传说中的沈音。"

"哦？"周局来了兴趣，"听说他很年轻啊。"

"年轻，但不简单。他的精明被富二代的身份掩盖了。"

"那你觉得这里面是还有事？"

"肯定有，"魏雨晴说，"我准备再查一查。"

"行，你去查吧，有什么需要的尽管说。"

"还真有一件事，我需要借您女儿用用。"

周局愣在椅子上，眨了眨眼睛。


那天偶然看到沈音和徐景炎的关系之后，魏雨晴就在心里打起了算盘。她先调查了徐景炎。徐景炎 35 岁，是国中交通大学的天才学生，上学期间就拿到各种奖学金，本科毕业之后，没有继续深造，而是进入了一家中型公司，从事市场方面的工作。27 岁结婚，29 岁生了一对双胞胎，也就是徐晓瑶、徐晓露。33 岁离婚，双胞胎都由他抚养。患罕见病的是徐晓瑶，目前正在同源治疗。魏雨晴知道，徐晓瑶、徐晓露这样一对儿天然的实验组和对照组，对于同源来说，尤其是有"前科"的钟献来说，绝对具有不可抗拒的吸引力——如果他们真的有这个想法的话。

她决定接近徐景炎。这对她来说毫无难度。这样的一个家庭弱点太多，魏雨晴思量再三，选中了一个十分隐蔽的方案。

大雨不停，徐景炎匆匆忙忙到幼儿园来接露露。因为路上堵车，耽误了不少时间，等他到了学校的时候，学生都走得差不多了。露露像往常一样，由易老师临时照看着。要养两个小孩，其中一个生病了，徐景炎大多数时间都忙得要死，经常没办法按时来接孩子，而每次都是易老师帮忙临时照看。久而久之，两人也算熟络了。

"易老师，又麻烦你了。"徐景炎顶着半个淋湿的肩膀，脸上挂着星星的雨点，脚下粘着黄泥，气喘吁吁。

"不碍事，反正这么大雨我也走不了。"

"要不我送您吧，总是耽误您时间，"徐景炎说，"也让我还还人情。"

"这是我们工作的一部分，露露是个好孩子，我乐意照顾她。"易老师露出甜甜的微笑，语气柔和，"露露爸，瑶瑶好些了吗？"

提到瑶瑶，徐景炎一下子蔫了，他沉下声音说："她的病不太好治，还得观察。不过，现在已经在同源进行治疗了。希望能有点儿效果。"

"这需要很多钱吧？"易老师问。

岂止是很多。徐景炎苦笑着点点头，但他不明白易老师为什么提这个。

"我建议您去申请遗传病公益基金会的帮助。"

"啊！还能这样？"如果说与妻子离婚之后的生活是一团糟，那瑶瑶生病之后的生活，简直就是催命。瑶瑶的命，没有钱根本救不下来。虽然现在和沈音签了"卖身契"，但那点儿工资，对治疗来说简直是杯水车薪。他需要钱，越多越好。只有账户有充足的钱，才能给他安全感。

"我都不知道还有这样的基金会。"徐景炎说。

"我也是前几天听一个朋友说到的，他们学校的一个男孩儿就申请到了这个基金。我回头问问。"

"那真是太麻烦您了！"

"不麻烦，这几年来，我还没见过比瑶瑶更懂事的孩子。实在是喜欢她，也是希望能帮上点儿忙。"

三天之后，易老师给徐景炎发了一个电话号码，告诉他这位就是基金会工作人员——颜怡。徐景炎试着打通了这个电话。电话是一个姑娘接的，她询问了基本情况后，确认瑶瑶符合资助条件，当然还需要确定细节。两人约定了一天下午见面沟通，地点就是徐景炎家。而见面之前，徐景炎需要做一系列的准备工作。

要先根据提示在网站上填写资料，包括申请书、资格证明、居所证明、病历报告等。其他信息都好办，但是疾病诊断证明需要同源开，这需要时间。而且基金会那边明确说了，病历报告越详细越好，所以他还需要找上一家医院，把相关资料补充完整。徐景炎来回去折腾了好几天，总算把资料弄齐全了。

他本以为申请基金帮助是件虚无缥缈的事，但居然出乎意料地顺利。想想自己这几天，找沈音给瑶瑶治病，从遗传病公益基金会申请资金，都十分顺利。不知道是不是自己倒霉到底，开始走运了。但不管怎么算，这都是好事，因为他们可以活下去了。

颜怡就是魏雨晴。

在破获一起器官买卖案件时，魏雨晴与遗传病公益基金会建立起了联系。这次她的计划，就是以基金会工作人员的身份，接近徐景炎以及病重的徐晓瑶，及时拿到一手治疗资料，随时跟进同源的动向。为此，她请周局在这家幼儿园做老师的女儿，帮忙引荐了易老师。周局的女儿知道她的真实身份，但易老师就完全不知情了。易老师就是单纯地想帮个忙，而且信息来源是本校老师，根本不疑有他。而易老师自然的反应，也让徐景炎毫无戒备，瞬间就接受了魏雨晴的假身份。魏雨晴的这个计划虽然很迂回，但非常自然，隐蔽性很高，还能长线跟踪，大大方方地要资料。

虽然这个计划是个局，但其中有一部分是真的——为瑶瑶申请基金。有真正的基金会工作人员在做这件事。

## 6.

徐景炎请同源开具医疗证明的事情非常顺利。他拿到资料后，立即重新提交了申请。魏雨晴拿到资料后，第一时间下载下来，交给了医学部。医学部研究了一番，没发现什么异常。这倒也正常，毕竟要做点儿什么手脚，也不会如此大胆地放在这种报告上。

魏雨晴后来又要走了同源和上一家医院在给瑶瑶诊断过程中开具的所有报告单、开药单，以及收费单。魏雨晴想，这些资料中也许能发现一丝异常，只要能撬开一条缝，事情就好办了。徐景炎虽然有点儿疑惑，但想想也说得通。报告和药单是评估病情，收费单是评估资助体量，也就一股脑儿提供给她了。

"徐先生，根据基金会要求，我会跟踪监督这笔钱的使用方向，以后您可能要频繁跟我打交道了。"魏雨晴说。

"那可真是太麻烦您了！"徐景炎说，"以后有需要我们配合的地方，您就给我打电话。"

"是啊，颜阿姨。"瑶瑶说。同源的药似乎很有效，病情控制得不错，瑶瑶的脸色好多了。这次见魏雨晴，徐景炎特意把她接了回来。

"这就是我的工作。"魏雨晴说。

一直在旁听的露露没有说话，而是递给魏雨晴一朵红玫瑰。这是一支用纸折出来的玫瑰，是露露在手工课上学的，她特意选了一张红纸，折来送给魏雨晴。魏雨晴惊叹于一个六岁的小姑娘居然如此心灵手巧，便接受了这件礼物。

露露和瑶瑶都很喜欢眼前这位颜怡阿姨。毕竟都是小孩子，对母亲的渴望很自然地投射到了魏雨晴身上。

在同源的入职同样顺利。徐景炎虽然不在科研一线工作，但天资还在，曾经学到的东西也还在。而且这些年来，他也在关心着这方面的一些动向。当然，他要学的东西就更多了。当今世界，任何一门科学研究都更新得太快。

徐景炎在这里找到了一种希望。经历过人生至暗时刻的他，对未来的构想逐渐变得清晰明亮起来，他甚至看到了瑶瑶痊愈，完成学业，嫁人生子。

未来或许会很美好呢！他想。

只是，他计划得虽好，意外却来得更快。来到同源的第二周，沈音就要他跟着钟献去一趟非洲。

"为什么是我？"

"这次非洲之行有点儿特殊，我只能挑选最信任的人去。"沈音说，"而且，这次在非洲的研究，跟瑶瑶的病有很大关系。"

可以确定的是，同源在非洲有一个研究基地。但是研究什么的呢？为什么要设在非洲，而不是国内？他知道，这不是他应该问的。他有点儿不想去，但这不是他想不想的事，他也没这个资格。不要说非洲，就是沈音让他去趟火星，他也得去。而事关瑶瑶的病，就更推辞不了。对其他研究人员来说，瑶瑶只是个病人。而对他来说，瑶瑶还是女儿。

但如果他去的话，谁来照顾露露呢？瑶瑶可以住在医院里，但露露应该像其他小孩儿一样，过正常的生活。

"我们在那儿发现了一种病毒，是目前已知的最适合做基因插入的载体，只是现在还有很多实验要做，通俗点儿说，就是确定它的安全性。"沈音停下来喝水的空当，瞥了徐景炎一眼，"其他的事情，我相信你能解决。"

徐景炎稳了下心神："我想想办法。"

离开同源，徐景炎开始盘算自己到底该怎么办。现在的情况是，在同源新药的作用下，瑶瑶的病情稳定下来了。但徐景炎也知道，这不是长久之计，瑶瑶身体的抗药性正在增强。钟献都不知道她还有多长时间，还能有多少机会。

得想办法把露露安置一下。好像想到一个办法。不，再想想，也许有更好的。一天就要过去了，徐景炎再没想到第二种方案。

如果你只有一个办法，那不管多糟，它就是最好的办法。

看来只能那样了！

他长叹一声，出了家门。

当徐景炎敲开家门的时候，陆瑶刚刚吃过早饭，嘴还没擦。一见是他，劈头盖脸来了一句："你来干吗？"

"有事请你帮忙。"

"你是不是找错人了？"

"没有，这件事只有你能做到。"

他们并不是好聚好散的那种。两个人因为感情在一起，还没有好好地享受二人世界，就早早生下了这对双胞胎。曾经的激情，很快就被繁重而无聊的琐碎生活消磨干净了。直到离婚，陆瑶都没有很好地进入母亲的角色。离婚的时候，陆瑶要了最现实的东西——钱，把孩子和房子都留给了徐景炎。离婚之后，他们很少联系，陆瑶也很少看两个女儿，哪怕是瑶瑶生病之后。

"不可能，"陆瑶干净利落地拒绝道，"我没时间。"

"你是她们的妈，我要去非洲，能照顾她们的只有你了。"

"我……"陆瑶不好意思告诉徐景炎，她已经投入了一段新感情。

"我可以付你钱。"

"这不是钱的事。唉……"陆瑶不是一个好母亲，但她也不是一个坏人。她知道，在这种情况下，自己没理由拒绝。"算了！你把露露带过来吧。你去多长时间？"

"公司没有说明，不过应该不会太久。"

"不太久是多久？"

"两个月。"

"那我只带两个月。"陆瑶伸出两根手指强调道。

徐景炎点点头。他估计两个月应该够了。如果到时候实在回不来，再想其他办法。请易老师或者哪个亲戚带一下，自己再付点儿钱也就行了，这事他不是没干过，分身乏术的时候总会被逼出办法来。目前的关键是瑶瑶，她等不起。除了让陆瑶照顾露露，徐景炎还跟她说了申请基金的事，嘱咐她如果基金会那边需要什么配合，要及时处理。就这样，陆瑶在不情愿中勉强地接下了这份嘱托。

在办理出国手续的这段时间，徐景炎分别嘱咐了露露在妈妈家要听话，瑶瑶在医院也要听医生的话。两个姑娘虽然小，但跟着爸爸生活的这段时间，小女孩儿的矫情和任性都已经没有了，没让徐景炎有过多的担心。可两个小孩儿越懂事，徐景炎越觉得亏欠。

唉！真想不出还有什么事能比做单亲父亲更难。

就这样，徐景炎带着希望和担心、愧疚和期待，踏上了非洲之行。

## 7.

一万公里的距离，即使乘飞机也不是一时半会儿的事。徐景炎闭着眼睛想着乱七八糟的事，越想越烦闷，整个人在座位上别别扭扭。混混沌沌睡醒一觉之后，徐景炎一看时间，还要再飞两个小时，忧郁地长出了一口气。

"很少出国？"钟献双眼不离手中的书，声音异常平静，与徐景炎的混乱形成了鲜明的对比。

"上学的时候，去其他学校做交流出去过一次。那之后就再也没出去过了。"

"那难怪了。"

"您经常出国吧？"

"嗯……"钟献闭上眼睛陷入回忆，"这世界上应该还没有我没到过的地方。"

徐景炎轻笑道："那您肯定没成家。"

"哈哈，"钟献爽朗大笑道，"没有。"看着徐景炎疲倦的眼神和紧锁的眉头，他说："好父亲不好当吧？"

"比想象的还难。"徐景炎吐槽自己道，"您怎么没结婚？"

"我小的时候父母经常吵架，别的小孩儿童年都是欢乐的，但对我来说童年是场灾难。那时候我就打算不会结婚了。长大之后，我有了更好的理由，那就是我找到了更有意思的东西。"

"科研？"

"准确来说是生命。"

钟献说："这个世界的任何一个方面都很神秘，当然这种神秘一般人意识不到，只有研究的时候才会觉得奇怪。定理、参数、时间、空间，每一个方面都是如此。这里面最有意思的就是生命了。为什么物质会产生生命，为什么只有人类有意识，基因为什么要不停复制……这一切都比上班、挣钱、买房，再找个人结婚生小孩有意思多了。"

徐景炎笑了一下："这倒是没错。如果不养孩子，95%的问题都不存在了。没有房子就没有，没有车子就没有，就连生和死，都只是自己一个人的事了。"

想想在瑶瑶和露露出生之后，自己生活发生的剧变，他自言自语道："这世界上有多少人是为了孩子生活啊！人啊，为了孩子，什么都可以奉献。"

"不只是人。"钟献说，"动物、植物都一样。"

"我很小的时候喜欢养花草。有一年夏天，种了一盆感应草，就是含羞草。开始的时候长得很好，但后来问题出在了花盆上。我不知道它能长那么大，就用了一个很小的花盆。它越长越大，土很快就不够用了，又没办法挪走，只能让它这么凑合活着。很快，到了开花结籽的时候，营养就更不够用了。这时候，有意思的事情发生了，它开始一点点死去，从最老的叶子开始变黄、脱落，就这么一层一层死去。那个夏天，它结了籽。第二年，我把种子种到了院子里，又发芽了。这次不用担心花盆大小的问题，它长得很好，花和种子都很多。"钟献说，"繁衍，就是这么进行的。动物、植物都一样。如果只能用一个词来形容它，那就是牺牲。"

"如果不这样……"

"任何生命都不会有后代，生命也就不存在了。"

听到这里，徐景炎微微一笑。钟献没太理解："我说的不对吗？"

"不是，不是，"徐景炎赶紧摆手，"我只是想到，您对繁衍理解这么深刻，居然一直没想过结婚生子，觉得有点……"徐景炎找不出一个词来形容自己的感觉。

"多我一个不多，少我一个不少。"钟献说，"你看过大历史没有？在大历史上，人类是作为一个整体出现的。在大历史上，任何人都会被抹杀得一干二净，什么君主、科学家、发明家、强盗、医生、军人、杀人犯……全都被融在时间中。作为整体，生命一直在延续；作为个体，生命一直在终结。而我又算什么呢？"

"您会觉得孤独吗？"徐景炎问，"不瞒您说，我在两个女儿出生之后，才真正找到自己活着的目的。我舍不得她们，会担心她们吃不饱，担心她们睡不好，怕她们受欺负……"

"我更喜欢理解这个世界。"钟献面带笑容，自信满溢，"我刚才已经说了。"

"如果人人都像您这么想……"徐景炎继续这个话题。

"那人类就灭绝了。"钟献说得很轻松，"我这种人注定是要被淘汰的。进化需要的是那些愿意繁衍的人，也只有愿意繁衍的人才能活下来。"

徐景炎想起了大学课堂的某些片段："毕竟，生命自从诞生以来，复制、繁衍就是最根本的特性。所有的物种都逃不开这道预设的程序，这道刻在生命最深处的指令。病毒就是一台复制机器，侵入细胞之后，就开始疯狂制造自己；大马哈鱼洄游万里产卵；雄螳螂甘愿被雌螳螂吃掉；雄狮会为争夺交配权大打出手……无论动物如何演化，在这道指令下，都毫无抵抗力——除了人。"

"在我看来，这就是文明的意义，文明让人可以有自己的选择。"钟献接过话茬，"文明，不但产生了文字、历史、艺术、哲学、科学，最重要的是压制了人的原始本能。我们有了廉耻、公道、正义、是非观……更重要的是，我们会思考行为的意义。更简单地说，我们有自由意识。"

"自由意识比物种本身更重要吗？"徐景炎像在问钟教授，又像在自问。

"问得好，这是科学最核心的一道谜题，诺贝尔奖都配不上的级别。不管是谁，要是能解开这个问题，在科学史上一定能和牛顿与爱因斯坦相提并论。"钟献教授仰起头，眼神中闪着智慧的光芒。

"研究越多，我越相信，人是基因的奴隶。基因限定了人的基础——生与死，天赋和智商。几十年的求学和工作，我已经见识到了无数基因层面的不平等。人有30亿个碱基对，有的人仅仅因为一个碱基对错误，就智力低下，乃至夭折。面对基因时，我发现了很多秘密，但未知的更多，时常感到一种被设定的恐惧。我活着，就是为了研究基因，而不养育后代，也是我抗拒基因的方式。"

徐景炎点点头，他完全明白了钟献的心思。

"这么说，您不认为人是自由的？"徐景炎问。

"当然不是。"钟教授没有一点儿犹豫，"如果你仔细回顾历史的进程，就会发现，这种进程不是受人类控制的，历史的每个阶段都会形成自己的秩序和规则，人都是在这种规则下生活的。如果把文明比作一列行驶的火车，那现在的状况就是我们都在车上，车速正在由慢加快，但找不到开车的人，更无法停下。这哪是什么自由？"

或许是在现实中待得太久，徐景炎已经很久没有思考过这种虚无缥缈的问题了。上学、上班、结婚、买房、离婚，每过一关都要掉层皮。孩子出生之后，立马成了他生活的中心，哭了要哄、饿了要喂、病了要治。直到现在他还卡在这一关，也不知道能不能过去。徐景炎仰头看了钟教授一眼，发现他也是饱经沧桑。他的生活虽然没有这些琐碎，但无休止的试验、失败和孤独，也不是好过的日子。看来，怎么活着都是苦差事，都是困难模式，只是难点不一样。

"我认为还是有的。"徐景炎说得很坦然，"我可以选择怎么去生活，也可以选择自己爱的人。"

"那你来这里，是自己的选择吗？"钟教授笑着问。

徐景炎被问了个无言以对。来这里？这个距离家乡千万里的原始森林中？陌生的人，陌生的动物，陌生的植物，陌生的语言。如果瑶瑶不生病，不是入职同源，不是沈音要求，怕是让他环游世界都走不到这里。这是他的选择吗？应该还是算吧，这都是他努力的结果。他还没想明白自己是怎么到这里来的，但想到了另外一个问题。

"我还是不明白，为什么同源在这里会有个研究所？"

"你是学什么的？"钟献没回答他的问题，而是反问了一个问题。

这个问题让徐景炎有点儿尴尬。他虽然学的是生命科学，但已经好几年没有接触这个领域，相关知识也差不多还给学校了。真的说学过，自己心里都发虚。

"生命科学。"

"你上学的时候有没有学过，埃博拉病毒是怎么出现的？"

"虽然没学过，但这事我知道，是从蝙蝠传染到人的。"

"那为什么之前没有传染，偏偏会发生在 20 世纪？"

"因为人类活动。"徐景炎庆幸自己还记得一点儿，"没有病毒是凭空产生的，它们都存在了几百万甚至几千万年。病毒的目的并不是杀死人或者动物，复制才是目的。宿主会死，是因为他们经受不住病毒繁衍带来的破坏。但宿主有免疫系统，通常经过千万年的共同进化，病毒和宿主会相安无事，也就不会染病了。新的病毒感染，都是旧病毒遇到新的宿主产生的。1900 年之前，人类的足迹被地理条件隔开了。但那之后，无论是雨林还是沙漠，都挡不住人了。而且人口增长太快，不得不去开发之前不适合人类居住的地方。这样一来，人就不可避免地接触到一些从来没遇到过的病毒。埃博拉就是这个时候爆发的。"

"你知道这些，那同源在这里有个研究所的事，就容易理解了。"钟献说。

"目前，世界人口还在增长，开发地球的速度也越来越快。只要人们继续开发荒原、雨林这些莽荒之地，人感染新病毒的事情就可能发生。而在全世界，最可能出现新病毒的地方就是开发度最低的非洲和南美洲。在这个还没有被现代文明染指的世界，病毒保持了它们最原始、最野蛮、最凶险的一面，很多传染病和致病基因都能在这里找到源头。对科学研究来说，这是一个绝对的宝库。比如我们现在正在研究的基因治疗，用到的一种新病毒也是我们在这里发现的，几乎没有毒性，而且非常稳定。同源在非洲有研究所，其他公司在其他的地方也有研究所。

"目的都一样，提早发现，尽快溯源。如果真的有了新的流行病，就能占得先机。先机代表着更全的数据、更科学的治疗方案，也就意味着更多的钱。"

这就相当于灭顶之灾发生的时候，你手中有一根救命稻草，抓着全人类的命脉。这绝对是一大笔钱，不，这个时候钱已经是小事了！

果然是做生意的人。徐景炎暗暗佩服起沈音来。

"您是怎么选定这个地方的？圣什么来着……这国家我听都没有听说过，听您说了好几遍，也一直记不住。"这话说出来，徐景炎自己都觉得有点儿尴尬。

"圣纳明黎。"钟献再次重复道，"我曾经是国际医生组织的成员，第五次埃博拉病毒爆发之后，我来到了非洲。你知道的，埃博拉病毒有很多变种，扎伊尔、苏丹等，相互之间的差异非常大。那次在追查病毒根源的时候，最终定位在了这个国家的一片原始森林中，是一个新的变种。从那个时候开始，我就与这个国家结缘了。"

"我们遏制了埃博拉病毒的蔓延，也顺手治愈了其他疾病。于是，在圣纳明黎，我们被当成了神。"说到这里，钟献自己笑了起来，"哪有我们这样的神？那个新的埃博拉变种病毒比扎伊尔的传播能力还强，而且潜伏期最长可达半年。如果不是前几次埃博拉爆发攒下来大把经验，那次的结果实在难以预料。现在想起来，能活下来就不错了。"

钟献风轻云淡的话，着实把徐景炎震到了。

埃博拉确实可怕，死亡率奇高、传播力极强、患者死状太惨。但它一直没传播开的原因也主要是这个。因为它太强，强到还来不及传播，感染者就死了。而它的潜伏期又短，只有一个星期左右，也就意味着切断传播途径很容易。所以，埃博拉一直在非洲肆虐，却极少在其他地方形成大面积流行。而按照钟献所说，圣纳明黎的埃博拉堪称死神。

"我觉得他们说的没错，你们确实是神。埃博拉就是死神，能战胜死神的，不是神是什么？"

钟献轻笑着摇摇头："从那以后，我就与圣纳明黎的政府熟络了。这里的科技水平要落后我们一百年，看到他们，我才体会到了清政府面对八国联军时是一种什么感觉。我们用人类千万年来积攒的医学经验和技术，救了这个国家无数人的生命。加入同源后，我提出在这里建立一个研究所，他们二话没说就同意了。"

"沈音能找到您来主导医学研究，真是幸运。"徐景炎暗暗佩服起沈音来。

"那小子从来不做亏本买卖。"钟献哈哈大笑道。

除了钟献给出的两个理由，徐景炎还想到一个，但是没办法直接聊。那就是监管。在这里会比国内有更大的自由。一些全新的、危险的、尝试性的、国内不允许做的实验，在这里都能毫无障碍地进行。这不是什么秘密，其他公司或者组织的海外研究所，多多少少都在做这样的事。毕竟科研是一个需要创新的领域，研究者不可能一直重复已知的实验。

一番闲聊之后，徐景炎终于对自己目前的境况有了了解，心情畅快了很多。他扭过头看了看坐在旁边的莫思铭。此次非洲之行，除了他们两个，还有他一同随行。莫思铭四十多岁，个子不高，寸头，话少。一路奔波劳苦，也没让他的表情出现一点儿变化。他似乎对周围的一切都不关心，不参与两人之间的闲聊，也不关心两人的心绪。自从登上飞机，他就这么一本正经地端坐着，像蜡像一样。

徐景炎知道钟献是来做什么的，也知道自己要做什么，但不知道沈音安排莫思铭一起来是什么意思。他明显不是研究人员，而且也没有人想要向他解释。

## 8.

下了飞机，三人走向一辆已经等候了很久的越野车。一个年轻的戴着墨镜的圣纳明黎人迎接了三人。那个人就是徐景炎印象中非洲人的样子。黑得发亮的皮肤，大手大脚，迷彩帽挡着刺目的阳光。肩宽臂长，上身呈倒三角形，全身肌肉块十分明显，一看就是部队里面出来的，而且级别不低。徐景炎不懂军衔，盲猜是个军官。

他显然跟钟献很熟，两人用一种徐景炎和莫思铭听不懂的语言聊了几句。随后钟献招呼两人进了越野车。钟献对这个地方很熟，一路跟那位军官聊着。莫思铭和徐景炎坐在车里看向窗外。这一路所见，都与徐景炎所想的非洲大相径庭。

与印象中不同，这里并不贫瘠、干旱或炎热。野草丛生，密林森森，河流环绕着若隐若现，景色宜人，未经改造的大自然显露出最原始的样子，不时有叫不出名字的动物伸着脖子眨巴着眼睛看着他们。另外，这里也不是原始、苍凉的世界角落。

相反，他看到了无数现代痕迹，只是还比较落后。来自亚洲、美洲的产品和技术，以无法抗拒的魅力，正在让他们一步步放弃延续了几千年的习惯和观念。时间在这里停滞了数千年之后，现在开始慢慢转动起来了。

车子刚在一道路障面前停下，三个端着长枪的士兵就围了上来。徐景炎一阵紧张，不由自主瞥向莫思铭和钟献。莫思铭面无表情，眼神在三个人身上游动，像在扫描一样。倒是钟献非常淡定，他微笑着下了车，掏出一个牌子。距离太远，徐景炎没看清，看上去有点儿像工作牌。又是一番交流后，钟献转头上了车，路障也打开了。车子继续前行，进入了一片荒野。与之前经过的地方不同，这里仍然是原始自然的样子，而且动物明显多了起来。

"我们这是在动物园？"徐景炎问。

"圣纳明黎最大的野生动物园。"钟献说。

"我们来这里干吗？"徐景炎问。

"接人。"钟献头也不回，眼睛盯着前方，"如果他还是人的话。"

钟献的话让徐景炎有点儿摸不着头脑，也有些骇然。他识趣地闭上了嘴。

车子在一个巧妙伪装的营地前停了下来。他们下了车，在钟献的带领下，其他人也跟着拨开茂密的树枝，钻了进去。从里面才能看出来，这是一个帐篷。帐篷不高，空间也不大，加上里面原本就有一个人了，四个人还显得有点儿挤。帐篷里唯一的圣纳明黎人与钟献教授简单说了两句，然后指了指已经安装好的放在地上的望远镜，走出了帐篷。

钟献凑到望远镜前，不断调整着角度，看了好半天，脸上逐渐浮现出笑容。徐景炎就那么愣在那里，有点儿茫然，不知道钟献在干什么、自己在干什么。

"钟教授，我们……这是……"他问。

钟献抬起头，让出了位置："来，小徐，你来看看。"

"看什么？"

"看到你就知道了。"钟教授卖着关子。

徐景炎狐疑着凑过去，笨拙地操作着望远镜。他微微晃着镜头，寻找着有什么新鲜事物。看到的一瞬间，徐景炎立马睁大了眼睛。他扭过头，用眼神询问着钟献。

"看到了吗？"

徐景炎点点头。

"看到什么了？"

"一群黑猩猩中，"徐景炎还没从震惊中缓过来，"有一个人类小孩儿。"

"我们就是为他来的。"


圣纳明黎是一个古老的国家，地形险峻，密林丛生，水源充沛。几十万年来，除了人类，还有千万种动物在这里平静地生活着。后来欧洲人和美洲人来了，带走了人和资源，留下了科技发明、疾病和死亡，非洲见识到了另外一种生活方式。与炎热、贫穷、饥饿、干旱相比，有饮料、空调、汽车的生活充满诱惑。随后，人们开始扩张自己的地盘，掏空自然的一切资源来换钱——整个非洲也只有这些东西才能引起资本的兴趣。人占据了动物的栖息地，几百万年的平衡被一夕打破。野生动物的栖息地一天比一天小，数量自然也越来越少。体型越大的动物，越难承受剧烈的环境变化，这也不是什么新鲜事。早期人类从非洲走向全球的时候，走到哪里，大型动物就灭绝到哪里。而如今更是如此，只要想，就没有杀不绝的动物。毕竟，一条经过几年、十几年才长大的生命，一颗子弹在一秒内就可以终结。

"倭黑猩猩早在几十年前就濒临灭绝了，而当人们开始意识到它们需要保护的时候，已经太晚了。就现在来说，这个群体的总数也就两百多只，其中有二三十只分布在非洲的几个国家。你刚才看到的就是圣纳明黎唯一的倭黑猩猩群。"钟献盘腿坐在地上，嘴里叼着一根草棍。

"还好，这道血脉还算延续下来了。"想起刚才所见，徐景炎庆幸道。

"这也算延续？"钟献正言道，"一个物种除了无趣的 ATCG（腺嘌呤、胸腺嘧啶、胞嘧啶、鸟嘌呤）序列，还包括它们的生活方式，更有它们的物种文化。现在的它们在人类的保护下勉强活着，丢掉了自己几十万年来的经验和技能，群体关系也发生了改变。现在的它们除了外表，还剩下多少只属于自己的东西？"

徐景炎还在盘算，钟献继续说："拿我们来说，基因和文明，如果只选一个，哪个更能代表人类？"

我们作为人而具有的一套独特的基因。

我们作为人而创造出来的独特的文明。

哪个更能代表人类？这就相当于问我们，灵魂和身体，哪个更能代表自己？

"你慢慢想。"徐景炎还没想明白，钟献又继续说了下去。

"人与倭黑猩猩的生活边界越来越近，在一些地方甚至交错着，加上动物保护组织的保护行为，互相之间都不再陌生。四年前，这附近的村庄丢了一个一岁半的小男孩儿。所有人都以为他死了，没想到居然被倭黑猩猩养起来了。半个月前，当地政府在跟踪保护这批倭黑猩猩的时候发现了他。没人知道为什么之前没有人发现他，也不知道这些猩猩是如何把他养大的。当地政府想把他带回人类社会，但无论是他还是它们，都极不配合。他们不知道该怎么办，带走他或者留下他似乎都不对，就来询问我如何处理。"

"所以，我们是专程来接他的？"徐景炎十分疑惑，"我们有需要他的研究吗？"

"马上就有了。"钟献似乎等不及了，"不过，在那之前，我们得先给他起个名字。"

"泰山。"莫思铭顺口说道。原来，钟献给徐景炎讲故事的工夫，一直都无比平静的莫思铭也禁不住好奇，凑到了望远镜前观望。

"人猿泰山？"徐景炎想起小时候看的一部动画片。只是，那部动画片是一个有着完美结局的童话。而现在看来，无论多乐观的估计，不远处那个光屁股的小男孩儿，都不会有一个令人满意的结局。

　　"泰山！这个名字好，就叫它了。"钟献一口应允。

## 9.

　　从猩猩群中带走泰山的过程，徐景炎根本看不下去。在人类的武器面前，再强壮的动物都只有任人宰割的分儿。此次行动由圣纳明黎政府军的一个小队来完成，大概有二十人。

　　一名军人端着麻醉枪悄悄靠近猩猩群，缓缓举起枪瞄准泰山。一声闷响，带有麻醉剂的针头正中泰山左腿。泰山惊恐一跳，想要尽快离开，但只走了三步就一头栽倒。刚才还浑然不知的猩猩群立即陷入混乱，几只在树上负责监视四周的猩猩也发现了靠近的人群，急促地大吼了起来。猿声四起，猩猩群开始变得狂躁不安，四处乱窜，尘烟弥漫。人群迅速靠近，在枪声的作用下，猩猩群很快被驱散了。有几头顽强抗争的，在麻醉枪的作用下，也很快陷入了集体昏迷。

　　看着或逃亡、或倒下的猩猩群，徐景炎感到了一种悲壮，这种悲壮来源于他对非洲大陆偷猎的了解。在利益的驱动下，所有的动物无论美丑善恶、凶残还是温和，都会失去独特性。

什么物种多样性，什么濒临灭绝，什么活化石，通通都是摆设，衡量的标准只剩下一个——它们值多少钱。然后就是被围杀，或取皮、或取角、或取毛，剩下不值钱的就放在草原上，就像割掉鱼翅后，把还活着的鲨鱼推进海里一样。这些黑猩猩应该经历了很多这种危机吧。

与徐景炎相比，莫思铭看得十分仔细，时不时还撇撇嘴，似乎是不满于执行效率。

当地的动物医疗组织人员会对那些昏迷的倭黑猩猩做一次全面的身体检查。当然，这一切与钟献他们就没有什么关系了。他们把人事不省的泰山带上车，在与当地的军人和医疗专家一一告别后，开着越野车扬长而去。

终于有机会近距离仔细观察泰山了。徐景炎凑过去，泰山闭着眼安静地躺在担架上，黢黑的身体与雪白的布单形成鲜明的对比。他的所有毛发都很长，指甲像钢钩一样，身上布满各种各样的伤痕。拖着人类的身体，却要像猩猩那样觅食、攀爬、跳跃……能活下来简直是奇迹。

"太不可思议了。"他自言自语道。

"动物养大人类婴儿的事并没有想象的那么罕见。据我所知，距离当今最近的动物养大人类孩子的事件，发生在一百多年前的印度，是叫卡玛拉、阿玛拉的两个女孩儿。那个时候，爱因斯坦已经提出了相对论，量子力学正在成形，第一次世界大战刚刚结束，原子结构也已经被破解……"

在钟献的提醒下，徐景炎在时间线上横向对比着几件事。

他有点儿恍惚：我们真的生活在同一个世界吗？一些人还处在人与动物的边界上，一些人已经在用科学发现颠覆世界了。以前，徐景炎只在贫富差距上有过这种体验，但科学水平上的差距似乎更惨烈。

"钟教授，您把泰山带到研究所是为了研究？这是要研究什么项目？"

钟献长叹一声："真正的永生。"

人类寿命的延长，有两个跳跃性阶段。第一个阶段是19世纪末，营养、财富、卫生等条件的改善，使婴儿死亡率和传染病的发病率急速降低。第二个阶段是在21世纪，随着生命科学的进步，生命的秘密正在一点一点被揭开。

就目前的医学来说，长寿的最大障碍不是重大疾病，而是心脏病、糖尿病等慢性退行性疾病。经过进化的调和，人体各个部分的寿命非常均衡，倘若没有什么意外，人体各个器官几乎会同时衰老，不会出现类似于心脏还在有力跳动，而肺已经因老化无法再用的情况。只是现代人的生活习惯或者职业习惯，使某些器官一直承受更大的压力，会导致它们提前产生病变。

也就是让每一个机体物尽其用，等身体机能下降到无法再用的时候，直接报废，对生物来说也就是死。比如你买了一辆自行车，买来的第二天，车轮就被撞坏了，你一定会修，而不会把车扔掉，因为车子的其他地方都是新的，扔掉太可惜了。而一辆骑了十年的自行车，如果车轮被撞坏，你就会把它扔掉了。因为一个全新的车轮，恐怕要比整辆自行车都贵了。

人体也是这个道理。目前人们已经在人体中发现了数十个与死亡有关的基因。这些基因就像死亡提醒，随着时间滚动，会敲响一个又一个的闹铃，这就是人类的死亡机制。自医学诞生以来，人就在追求永生，现在的科技手段越来越多样，取得了一样又一样的成果，寿命也在一点一滴地延长，但其实只是推迟了死亡的时间。但这种推迟是有极限的，等到了极限年龄，人体就像一辆快散架的自行车，无论如何都救不了了。

　　人可能永远无法摆脱死亡，因为人类无法摆脱基因。

　　"所以，如果想要得到真正的永生，就只有一条路：摆脱基因，也就是摆脱身体。"徐景炎紧跟着钟献的思路，"所以，永生的问题，就转移到了人格意识如何摆脱身体的问题上。"

　　"是问题，也是难题。意识究竟是什么，任何一门科学都解释不清，更不用说它是怎么产生的。"钟献苦笑，"你学过生命科学，怎么看这个问题？"

　　"我？"徐景炎想了想，"我认为意识是生命复杂性的产物。"

　　"哦？为什么这么说？"

　　"我大学的导师是个很厉害的人，他提出了一个猜想，我觉得很对。生命起源和意识起源，是关于生物的两个最终问题。从目前的科学研究看，生命起源的研究似乎比意识起源的研究成就更高一点儿。从外形降临说、雷电说，到火山说、深海热液喷口说，人们一直在提出各种假说。不过目前来看，最有可能的是碱性热液喷口说，现在的研究认为，它基本具备符合生命诞生的一切条件。"徐景炎挠挠头，有点儿尴尬，"不过具体是怎么说的，我还得回去翻翻这方面的书和论文。太复杂了，只记得大概，记不得细节了。"

"找到资料之后发我一份，我之前没太研究过这块儿。"钟献微微一笑，"可这与我提的问题有什么关系？"

"当然有。"徐景炎说，"简单来说，有机物是从无机物之中诞生的。最初的生命，就是有机物之间反应、吞噬、融合的结果。我很认同他的那个说法：生命是物质复杂性的延伸。再说意识，意识是生命更高级的表现，目前只有人才有。在所有动物中，人类的大脑虽然不是最大的，但是最复杂的。延续过来，我的猜想就是：意识是生命复杂性的延伸。"

钟献陷入沉思，似乎在仔细思考徐景炎的话。

"推论很好。"钟献一边说着，一边自顾自地点头，嘴里面还叽里咕噜的，"你的话倒是提醒了我。"

"您要用泰山做实验？"徐景炎还是忍不住问了出来。

"我不是你想的那种科学狂人。"钟献大笑道，"由于科技的局限，以前遇到泰山这种罕见情况，也就只能做做认知实验，目的都是让他们回归人类社会，但无一例外都失败了。如果真如你刚才所说，大脑的复杂性是意识的起因。那他呢？从曾经的科学记录看，所有由动物养大的孩子，无论多大，都没有自我意识。"

"泰山也没有自我意识？"

"对，这就是我来的原因。我希望能在泰山身上，揭开意识的秘密。"

徐景炎低头看了看还在昏迷中的泰山。他明白，这是一个天然的绝无仅有的实验对象。对比他与正常人的大脑结构和意识思维差异，就可以得出一些前所未有的结论。几十年前，科技还没有这么发达，认识也有限，研究手段更是单一。碰到这种罕见案例，说是科研，实际无非就是观察记录。而现在完全不一样，就现在的科研手段来看，泰山以后的日子恐怕会十分难过。

　　命运对他未免也太不公平了一点儿。泰山活到现在的任何一个阶段，对他来说都是那么艰难，堪堪忍受。想到他的年纪与瑶瑶和露露相仿，徐景炎问："会伤害到他吗？"

　　"我比你更希望他能活得久点儿。"钟献瞥了他一眼，对他的这个问题相当不满意。


　　同源在圣纳明黎的研究基地主体是一个三层的四方形建筑，面向南方。左右两边对称有两栋二层小楼。主楼内部主要有免疫室、生化室、临检室，左边小楼主要是冷库，右边小楼主要用于居住。研究所虽然没有枪械弹药，但里面有更危险的东西，所以虽然没有很高的围墙，但是也用铁丝网拦着，圣纳明黎政府军派了七八个人守卫着，非研究所的人严禁进出。

　　徐景炎还从没有赶过这么远的路，这一趟一趟的周转，几乎要把他晃散了。他进入自己的房间，把行李放下，躺在床上，长出了一口气。一种强烈的漂泊感和孤独感立即涌了上来。不知道瑶瑶和露露都怎么样了，女儿啊，你们再坚持坚持，等过了这个阶段，我们就能像普通人一样生活了。

徐景炎正在胡思乱想，一阵敲门声响起。他打开门。

"莫大哥，你找我？"徐景炎有点儿疑惑，不知道莫思铭找自己干什么。自踏上非洲旅程的那一刻起，莫思铭就当起了沉默先生，能不说话绝不说话，能少说话绝不多说话。

莫思铭歪了下头，示意他跟自己出来。徐景炎不明所以，默默跟在后面，出了大楼和铁丝网围栏，来到了研究所后面的一片空地。空地上摆着一张桌子，桌子上放着两把枪，两个编织篮里装满子弹。这场景吓得徐景炎一愣。

"从今天开始，你每天都要跟我学射击。"

"啊？"徐景炎一愣，怀疑自己听错了，"你说啥？"

"从今天开始，你每天都要跟我学习射击。"莫思铭重复了一遍。

"为啥？"

"这里不安全。"

"你说的不安全是？"

"临行前沈老板跟我说了，这里最危险的不是疾病，而是人。"

"人？谁会来攻击我们？我们来这里是为了给他们治病啊！"

"谁？地方武装、偷猎者，还有这里的居民……谁都有可能。"

"当地人？怎么可能？"

"民众攻击研究所的事情发生过。"莫思铭不紧不慢地给枪上子弹，"就在去年，一个孕妇感染了疟疾，死在了研究所。民众认为是那些医生害死了她。"

"太可笑了！我们大老远来，就为了害他们？"

"有些人就这么想，他们认为病毒是我们投放的，我们来治疗，就是为了找理由留在非洲，抢他们的矿，砍他们的树，破坏他们的环境。"

这实在是太荒谬了，徐景炎简直想笑。

"这里的政局也不像国内那么稳定，你赶上了好时候，如今已经好多了。除了这些，还有偷猎者，他们会猎杀狮子、猩猩、犀牛，也会杀人。"

"估计没什么用，这也不是一时半会儿能学会的。"如果真像莫思铭所说，那这趟非洲之行要比表面上看到的危险得多，他实在不知道自己能不能应付得来。可即便是这样，现在学习开枪，是不是也有点儿太夸张了？徐景炎心里一阵发虚，悠悠地说。

"唬人总是能的，比赤手空拳管用。"莫思铭丝毫没有考虑徐景炎的个人意愿，直接递给了他一把手枪。徐景炎眨了眨眼睛，瞥了一眼枪，又看了看莫思铭，咬牙接了过来。冰凉坠手，沉甸甸的，他的手禁不住哆嗦起来。莫思铭看得一阵紧张，生怕他走火，连忙把枪口顺向前面的旷野。"拿枪的第一件事，枪口不要对着人。"

徐景炎尴尬地点了点头。

"跟我学，双手握住，前推，瞄准，开枪。很简单的。"莫思铭边说边做，连开三枪。他们面前约 20 米远的那棵大树上，出现了三个弹孔。三个孔形成一条直线，等距，就像比着尺子画出来的一样。

徐景炎耳朵里面嗡嗡的，手脚没跟上就算了，眼睛也没跟上。莫思铭的动作太连贯了，就像吃碗面一样自然。

"莫大哥，你来同源之前是干吗的？"徐景炎好奇地问。

"当兵的。"

"那你怎么来同源了？"

"跟我学射击，我就告诉你。"

"好吧。"徐景炎一副跟人打架没打赢的表情，"我说，那个，是不是先给我戴个耳罩？我看电视里面都这么演的。"

"没有，你过几天就习惯了。"见他皱着眉头，莫思铭又说，"你这个是微声手枪。"

徐景炎这才看出他们手里的枪不太一样。他问："你怎么不用我这种？"

"没劲，像个娘儿们用的。"说完，抬手又是三枪。

听完莫思铭的这句话，徐景炎低头看着手里的枪，陷入了沉思。

## 10.

　　之后徐景炎的生活可是相当有规律。他加入到了病毒研究小组，和几位同事一起研究这种新病毒，主要是它的安全性。当然，现在的徐景炎只是打打下手，科研岂是想做就能做的？就整个小组来说，徐景炎的专业水平是最弱的。刚开始，他总是找不到自己存在的价值。但半个月后，他渐渐明白了沈音的意思。虽然他的专业最弱，但让研究成功的意愿最强烈。不用约束，也不用给其他刺激，他也绝不会放过任何一种可能性。哪怕只有一丝的希望，他也会想办法实现它。因为这关系到瑶瑶的命。

　　他也知道了莫思铭的故事，当然不是从莫思铭那里得知的，而是钟献告诉他的。

　　莫思铭十几岁入伍，各方面表现都堪称完美，退役之后进入本地的一家事业单位。莫思铭枪打得好，拳打得也好，只可惜这些东西在退役之后全都没了用武之地。因为太耿直，莫思铭被安排到了一个非常边缘的部门，清闲但少金。本来这也没什么，结果他父亲被诊断出一种先天性疾病——长 QT 间期综合征，是一种常染色体单基因遗传病。莫思铭没有足够的钱给父亲做手术，医院的大夫给他介绍了同源。在接触过程中，莫思铭的耿直、忠诚、信用和执行力，让沈音留下了深刻的印象，就把他留了下来。沈音和钟献没有用手术的方式给莫思铭的父亲治病，而是采用基因疗法，从而根治了病症。后来，父亲因车祸去世，莫思铭也没有离开同源。同源就成了他的家。

徐景炎从没想过，这条硬汉背后有这么复杂的一个故事。想到自己日子也不好过，不免同情起他来，之后学射击也顺从多了。

偶尔他也会去看看泰山。除了大脑扫描、脑电波监测、功能成像这些会用到先进设备的研究，还有记忆、技能、习惯、时间感、知觉等方面的研究。前一种，徐景炎还略能看懂，但后一种，徐景炎实在不知道钟献在干什么。只不过，这些虽然没有在泰山身上留下明显的外伤，但让泰山任钟献驱使的场景，依然让徐景炎看不下去。每次钟献结束研究后，他都会隔着玻璃和泰山待一会儿。起初，泰山总是蜷缩在角落的树影里面，后来才敢出来和他对视。此外，他每天也会抽出一个小时来跟莫思铭学打枪。一个星期后，他已经熟悉开枪的动作了。十天之后，也能偶尔命中几弹。

而瑶瑶和露露，他暂时也不需要担心。瑶瑶在同源采用的治疗方法，已经稳定住了病情。而露露被颜怡接走了，与前妻的两个月之约也无所谓了。

这是地球那头的故事了。


徐景炎刚订好机票，魏雨晴就知道他要去非洲了。好不容易刚建立的关系忽然断了，实在是让人泄气。她一边构思后续的计划，一边查看陆瑶的资料。很快，魏雨晴又制订了新的计划。

尽管已经上午十点半了，但陆瑶还没起床。魏雨晴敲门后又过了十分钟，陆瑶才衣冠不整、睡眼蒙眬地开了门。

"您好，我是颜怡，我是遗传病基金会的工……"

"哦哦，我知道，他跟我说过。"陆瑶心不在焉地打断了她，转身示意她进来。

这把魏雨晴搞得有点儿不会了，她准备的证件和台词都没用上，只好先放在一边，跟了进去。进来的第一眼，她就看到了正坐在沙发上看电视的露露。

"颜阿姨！"露露欢快地跟她打招呼。

"露露乖。"魏雨晴笑着说。

陆瑶看了看露露，又看了看魏雨晴，说："找我有什么事吗？"

"瑶瑶申请公益基金的事情比较顺利，这里有个文件需要您签字。"魏雨晴边说，边掏出文件来。

她刚要解释这是干什么用的，陆瑶就把文件抽走了，径直翻到最后一页："就在这里签吗？"得到魏雨晴的肯定后，她飞速地签下自己的名字，抬手扔到魏雨晴面前，还打了个哈欠。

魏雨晴没见过对自己女儿的事如此敷衍的母亲，她都怀疑这两个女儿是不是陆瑶亲生的。"之前我向徐先生要了瑶瑶的病历资料，但是这些资料不全，这次是再来拿一些文件的。"

　　"这我就帮不了你了，离婚后我就再也没回过那儿。"陆瑶又打了个哈欠，"你等他回来吧。"

　　"那肯定要耽误很长时间了。"魏雨晴说。

　　"可我真的不知道他把东西放哪儿了。"

　　"我知道爸爸把东西放哪儿了。"露露把着自己房间和客厅之间的房门，小声说。

　　魏雨晴开着车，她怎么也想不通，陆瑶怎么能这么顺手地把自己的孩子交给她。说什么有要紧事，其实是新交了一个男朋友，两人正打得火热。但就算如此，又怎么可以这样当妈妈？！回想起自己的几个闺蜜，结婚之前吃喝玩乐，那叫一个潇洒。等结了婚生了娃，一个个都被拴在家里，两三个月约不出来一次。之前因为做警察，几个人中就数她最忙，如今倒好，全反过来了，她成了最闲的那个。过了三十岁，曾经的伙伴都有了归宿，自己也常会感觉到孤单。但能怎么办？自己这行实在太难找了。每当这个时候，她就会想一想队里的那个女法医，已经过了三十八岁，一点儿脱单的迹象都没有。然后她就会觉得，这事似乎也没那么重要了。

　　通过车内后视镜，她看到平时欢快的露露今天一直闷闷的，大概能猜出这几天她是怎么过的。沉默寡言，战战兢兢，小心翼翼，饿了不敢说，渴了不敢言……看到露露低着头，她仿佛看到了小时候的自己。

进了家门，露露指着书桌旁的柜子："爸爸把姐姐的东西都放那儿了。"

魏雨晴把露露放在沙发上，走到柜子这边翻找起来。终于，她在一个绿色的文件夹里找到了不少东西，甚至包括徐景炎入职同源签署的保密协议、治疗协议等。这些文件都看完了，她也没有找到更有价值的线索，不过也算有收获。虽然没有找到同源在瑶瑶身上有什么动作的迹象，但基本可以确定，徐景炎对这种可能性一点儿防备都没有。或许，可以争取他的配合。

今天该到此为止了。徐景炎一时半会儿回不来，而且如果他要回来，只要一订机票，魏雨晴就能第一时间知道，也就不用急于这一时。况且旁边还有一个小姑娘，虽然只有六岁，但是现在的小孩儿都精着呢，还是避着一点儿好。她偷眼看过去，露露坐在沙发上垂着双腿，双手捧着一袋子薯片，歪着头认真地一片一片往嘴里面填。

魏雨晴打开水壶，递到她跟前说："别光顾着吃，也喝点儿水。"

露露毫不客气地接过来，灌了一大口，还把自己呛着了。

总跟那种老谋深算、穷凶极恶的人打交道，魏雨晴从没意识到小孩儿有这么可爱。"露露，你想不想吃汉堡？"她笑嘻嘻地问露露。

露露先是一愣，紧接着猛地点了点头，生怕这个傻阿姨后悔。

看着露露狼吞虎咽的样子，魏雨晴忽然觉得她也怪可怜的。好好的一个家庭，父亲不在身边，亲生母亲还不如不在身边，姐姐又住院。都说成年人的世界写满艰难，这么看，小孩子的日子似乎更脆弱些，没什么东西是控制在自己手里面的。可命运只管降临，从来不会怜惜同情，管你几岁。

"慢点儿吃，吃完阿姨送你回家，不着急。"魏雨晴心疼地劝道。

小姑娘一听回家，汉堡也不吃了，头一低，嘴一咧，眼泪扑簌簌地往下掉，似乎觉得这样不对，又抬起胳膊来回擦着眼泪，但就是硬憋着不出声。

这可把魏雨晴吓得不轻，她凑上前去，把露露抱在怀里，嘴里念叨着"露露不哭，露露不哭"。等露露缓和下来，魏雨晴温柔地问："露露不想回妈妈那里？"

露露点点头。

"能告诉颜阿姨是因为什么吗？"

露露抽噎着，湿润的大眼睛啪嗒啪嗒的："叔叔。"

魏雨晴瞬间明白了一切。"露露乖，不想他们了。咱们好好吃饭，先吃饱肚子，其他的一会儿再说。"

好容易把露露哄住了，魏雨晴趁上厕所的空当来到屋外。她拨了陆瑶的电话，想好好说道说道，但连续拨了四五遍也没人接听。魏雨晴看着手机屏幕上拨号失败的界面，不由得气笑了。自己的女儿真的就这么不管了！这可怎么办？她该怎么安置露露？无论如何都不能把她送回陆瑶家了，跟着这样的一个母亲，实在太危险了，可又不能把她自己放在家里。各种纠结之后，她最终想到了一个不是办法的办法。

魏雨晴拨通了一个电话。

"爸……一会儿我带个小孩儿回家……女孩儿……怎么想也不可能是我生的啊……我在调查一个案子……不是她，她就六岁，怎么可能犯罪……是她爸，其实也不是她爸，回头跟你细说……这小姑娘在咱们家住几天……我还没说完，你每天得接送她上学……我一会儿到家，你把家里面关于警察的东西都收收，你也是一个老警察了，你懂的……"

回到餐桌上，魏雨晴笑着问露露："露露吃饱了吗？"

"嗯，嗯。"露露猛点着头。

"露露不想回妈妈那儿，是不是？"

露露比刚才点头点得还猛。

"那露露愿意跟阿姨去我家吗？"

"阿姨家也有凶叔叔吗？"

"阿姨家没有凶叔叔，但有一个白胡子老爷爷，就像《葫芦娃》里面的爷爷那样。"

"愿意。"露露欢快地说。


作为一个退休的单身老刑警，姚崎每天的生活乏味得让人难以忍受。除了每天给左腿受伤的部分涂药外，就没什么其他事情可做。他一生未婚，养的孩子是捡来的。说是捡，其实他捡的时候，魏雨晴已经九岁了，所以连姓都没改。魏雨晴的父母死于一场车祸，姚崎见这姑娘孤苦伶仃的挺可怜，就养着她，供她上学。没想这姑娘耳濡目染，走了自己的老路。他原想让魏雨晴换一份差事，这行太苦了，一个姑娘东跑西颠的，太受罪。没想魏雨晴就是个天生当警察的料，刑侦捉贼样样拿手。原想有这半个女儿，屋子里也不至于冷清，结果这半个女儿也成天不着家，还是剩他自己。想来想去，这就是命啊，后来他也就认了。

天下没有能赢孩子的父母，哪怕这孩子是捡来的也不行。

同源的案子他知道一点儿，在关键问题上，魏雨晴偶尔也问问他的意见。所以当魏雨晴告诉他要带露露回家的时候，他立即同意了。女儿工作上的事，在反对无效的情况下，他就会全力支持。而且有个小姑娘，叽叽喳喳的，生活也不那么无聊。

就这样，露露住进了魏雨晴的家。第二天，魏雨晴把露露送进了幼儿园，然后又去了徐景炎的家，认真翻找蛛丝马迹。等时间差不多，她拨打了陆瑶的电话，想跟她好好商量一下露露的事，但这个电话还是怎么也打不通。魏雨晴可没时间跟她折腾这些事，下午就又回到幼儿园去接露露。这次引起了卢老师的注意，她死活不肯让魏雨晴接孩子走，露露想走都不可以，而徐景炎一直联系不上，卢老师就死活不放露露。

无奈之下，魏雨晴表明了自己的警察身份。卢老师直到跟警察局确认了，才放心把露露叫出来。就这样，露露在魏雨晴家住了下来。为了打消徐景炎的顾虑和担心，魏雨晴特意请卢老师向他说明一下情况，当然要隐瞒她警察的身份。

徐景炎没有接到卢老师的电话，而是收到了她的一封电子邮件，把整件事的前前后后全部详细说了一遍，并数次说明了安全性。徐景炎对卢老师再熟悉不过，多少次接露露瑶瑶晚了，都是卢老师帮忙照看，对她信任无比。在他看来，易老师漂亮细致，温柔周到，她说什么，那就肯定没错了。

虽然他本身不想打搅颜怡，但得知了陆瑶的状况，又听到露露欢快的声音，他知道这是最好的解决办法。自己远在万里之外，什么都只能是想想，也就不再执拗。对颜怡千恩万谢，对露露千叮万嘱。只是每天都在想，回国之后如何感谢颜怡。

## 11.

　　这天已经进入深夜，徐景炎还没有离开实验室。新病毒在基因治疗的应用上，成功率一直不高，导入的基因表达之后，产生的蛋白体一直不对。蛋白质太复杂，哪怕氨基酸的种类和数量对得上，三维结构不一样，也会产生本质区别。徐景炎和他的团队正在尝试找出影响因素。他得做得更卖力一点儿，才能让同源觉得自己有价值，瑶瑶的命值得救。

　　同样没走的还有钟献。如果在人类已知的所有事物中选出一个最复杂的，那无疑只能是大脑。大脑连接着实体和虚拟，在神经元复杂的物理连接中，孕育着意识、思维、情绪这些虚无。最神奇的是，大脑一直在变。大脑在发育的过程中，不断改变着微观结构。也就是说，人在成长中的记忆和经验，会转化成神经元之间的连接，保存下来。每个人都知道大脑在干什么，但没有人知道大脑是如何做到的，更不知道为何要这样做。钟献把所有的时间都放在了分析泰山的大脑上，而且已经发现了一些端倪。

泰山的大脑比同龄人小一点儿，而且大脑皮层发育不足，脑电波也偏弱。脑电波是大脑活动过程中产生的电流。脑电波弱，至少反映出了泰山的大脑不活跃。这些异常，有可能是泰山没有自我意识的因，也可能是泰山没有自我意识的果。而对泰山脑电波的解析，也还处于乱码状态。总结来说，钟献的工作有进展，但不多。

徐景炎晃着疲倦的脑袋，来到了钟献所在研究室的门口。经过这段时间的接触，钟献已经取得了泰山的信任，他们已经能够以一种平和的方式交流了。而且钟献并没有急于用现代发明和文明成果同化他，而是给他重造了森林草地，其实就是复刻了泰山之前的生存环境，连草木的品种都没变。虽然泰山所在的房间很小，但他很熟悉，这能缓解他的应激反应。

食物都不是直接投喂，而是偷偷放在林子的某个角落里。也正因此，钟献身上的抓伤和咬伤，在一个星期后就不再新添了。而泰山也渐渐明白，只要配合眼前这个人，就能吃喝不断，香蕉、肉……要什么有什么，根本吃不完。要是不配合他，就会挨饿，还会被拴链子。最关键的是，他也知道了，他的反抗毫无意义。

关于这一点，徐景炎问过钟献，他这算不算有自我意识。

钟献回答说不算，这还是条件反射的范围。

徐景炎站在窗户边上，看着屋内，心中不知道这样对泰山来说是好是坏。但自从被异类抓走的那天起，就注定了他的不幸。无论是被异类杀掉,还是被异类养大,又或被同类解救,对他来说都是灾难。他永远无法找到自己的位置,永远无法成为任何一个种群中的一员。正当徐景炎百感交集的时候,手中的电话响了,是莫思铭打来的。

"有人闯进来了,你和钟教授赶紧躲起来。我房间有枪,书桌第二层,牛皮袋子里。"

"什么人?"徐景炎立即头大了起来。

"快!"

"莫哥,你呢?"

"我在外面,正在杀进去。"

徐景炎知道,莫思铭的"杀"不是一个形容词,而是一个动词。

"在我进去之前,钟教授就交给你了。"莫思铭说。

"喂!喂!喂!"徐景炎连喊了三声,没有听到莫思铭的回音,反而在挂掉电话后,听到了几声连续的枪响。这可把他吓得不轻。他意识到这是来真的。

砰砰砰,他大力急速地拍着玻璃,把泰山和钟献都吓得一惊。泰山迅速钻进了树枝深处,钟献则皱着眉头来开门。

"钟教授,有人闯进来了,可能是冲你来的,我们得躲躲。"

相比徐景炎的慌乱,钟教授则显得异常冷静。他没有说话,歪着头转了转眼珠,然后转身向屋内瞥了一眼。"不是冲我,应该是冲他来的。"钟献摇摇头,"老莫呢?"

"已经在外面跟他们打起来了,正在往里面闯。"

"那他们来的人应该不少，"钟献点点头，"我们得把泰山带走。"

带走一个六岁的孩子简单，但带走一个六岁的毛孩子太难了。不知道是不是在野外生存久了，泰山已经感知到了危险，与钟献好不容易建立起来的信任，瞬间崩塌了。钟献软硬兼施，用尽一切手段，都没办法把他从房间里领出来。他就想待在这个房间里面，这个熟悉的地方之外哪儿也不去。时间紧迫，徐景炎只能动粗。但这个毛孩子一身野劲，连抓带咬，极不配合。正在周旋间，一阵密集的枪声在长廊里面来回震荡。徐景炎一边跟泰山较劲，一边告诉钟教授去莫思铭房间拿枪和子弹，自己带着泰山随后就到。

不管徐景炎怎么弄，泰山就是使劲扑腾。连着急带用力，徐景炎出了一身汗也没搞定，只得拿出提前准备好的束缚带，给泰山用上。他很不想用，但情况不允许。等他把泰山夹住，跑到莫思铭房前的时候，钟献正好从房间里出来，左手攥着枪管，右手拎着一个布兜子，沉甸甸的都是子弹。

两个人刚见面还没说话，就听到了不远处的响动。四个身穿圣纳明黎军装的士兵涌了进来，边往里面跑，边朝后面胡乱开枪。这几个人属于圣纳明黎政府军，是来保护钟献的。徐景炎记得这个小队一共有十个人，现在只看到了四个，还极其狼狈。余下的人恐怕已经遭遇不测了。这么看，自己这条命也是命悬一线。

枪声越来越近，他们赶紧往后跑。现在最重要的是时间，耗到莫思铭杀进来，或者圣纳明黎政府军的援助部队赶车，是他们仅有的生存机会。

他们跑到长廊拐角处的时候，刚刚还看到的四名士兵，已经都被射杀了。徐景炎停在了转角处，偷偷向外察看。冲进来的几个人端着长枪，没有丝毫迟疑，直奔泰山的房间。没有找到目标之后，又继续深入。糟了！看来这是有备而来，对实验室的布局已经了解透了。这就意味着他们不好躲了！

徐景炎闪身退避，带着钟献和泰山缓步下楼，直奔地下实验室。地下实验室通道狭窄，还有数道铁门，容易防守。以他的枪法，这种环境还能增加点儿杀伤力。

他们刚躲好，两个人就摸了下来。徐景炎躲在铁门之后，握住枪的手不断颤抖。他不是害怕，而是无法说服自己坦然地向人开枪。无论什么情况，亲手杀人，在他的国家都是一件大事。但在这里，似乎就是日常。救一个人那么难，而杀一个人却那么简单。

一道爆炸声传来，整个实验室犹如要坍塌的坟墓一样跟着颤抖。徐景炎看到那两个摸下来的人互相对望了一眼，迟疑间，又有四个人跟了下来。其中一人向通道内打了一个手势，六人便集中向他们的方向压来。

徐景炎一阵紧张，手不由自主地攥紧了，可现在不是矫情的时候。他深呼吸着，静静等着最前面的两个人摸到距离他们三米左右的地方，猛地一转身，瞬间清空了枪里的子弹。来不及检查战果，他又躲到门后，一边装子弹，一边侧耳倾听门外的声音。迎接他的是一阵密集的子弹撞击铁门的声音。可他还是在这混乱的声音中，听到了一声呻吟。

至少打伤了一个！枪声间歇时，徐景炎又把枪口对准门外补了两下。

"照你这么用，子弹很快就没了。"钟献提醒道。

"那怎么来？我也第一次干这事！"

密集的枪声触发了泰山惊恐的记忆。他尖啸着来回扭动身体。带着野性的号叫有着极强的穿透力，刺激着每个人的神经。

外面的人听到泰山的声音，又簌簌地压了过来。同时压过来的，还有密集的火力。徐景炎耳朵被震得隆隆响，头昏沉沉的，哪里还有力气反击。

钟献扯了一下徐景炎的衣角，示意他该撤退了。徐景炎也知道，必须去下一道门了。他赶紧拽着泰山往深处走。他边走边想，钟献说的确实没错。刚才开了几枪都是乱打的，这么用子弹，真的是一点儿作用都没有。会开枪和会用枪，真的是两码事。得想想别的办法。看到长廊两边的房间，他恍然若醒，暗骂自己真是白痴。自己擅长的东西不用，偏偏用这不好用的东西。

地下室是存放药品和实验品的地方，这地方真的是要啥有啥。别说毒药，就是炸弹都能配出来，只是他没什么时间。他把泰山往钟献的方向一推，扎进旁边的房间，用衣服兜了几瓶乙醚出来。他们刚过了第二道门躲好，第一道门就倒塌了。紧跟着就是几颗子弹打在了铁门上。

徐景炎在门口躲着，就露出一只眼睛。看准几个人开枪间歇的当口，抄起瓶子就扔了出去。他也不知道怎么扔才远，就按照抗战电视剧里面扔手榴弹的模样甩了出去。他扔得虽然别扭，但可把对面几个人吓坏了。几个人满以为是手雷，离着远的扭头就跑，离着近的原地卧倒。但他们听到的不是咣的一声，而是啪的一声，还有碎玻璃滑行的哗啦声。

原来是吓唬人的玩意儿，几个人胆子立马大了起来，但刚走两步就感觉不对劲。一阵极端刺鼻的味道直冲脑门，而且穿透力特别强，几个人连忙用衣服堵住口鼻，但不管用。被这味道一熏，整个人开始头晕目眩，手脚发软，战斗力直线下降。

奏效了！徐景炎一阵窃喜，但不到半分钟，他就笑不出来了。对面几个人居然从身后的包里掏出了防毒面具，惊得徐景炎张大的嘴巴闭不回去。这是不是太夸张了？！出来劫人，还带防毒面具！

徐景炎不知道，在这种战乱频发的国家，打战就像吃饭一样平常，而且是什么招都有，毒的、损的、阴的，一切都是为了把人搞死。烟雾弹、毒气这些手段，已经成了战争的一部分。这些佣兵不是来这里前特意带了这玩意儿，而是差不多走到哪儿都带着。况且，他们这次来的是医疗研究所。

飘散的乙醚只是拖延了几个人半分钟，他们就又低着腰端着枪压了上来。徐景炎又像刚才那样，开始乱枪打鸟。不过，这次的效果不佳。几个人已经看穿了他的枪法，对于这些每天都要面对生死的人来说，实在造不成任何威胁。

还得往后走！

没办法，徐景炎又拽着泰山往里面走，钟献跟着他们走过门后，一声不响，直接拐进了一间实验室。等徐景炎掏出枪来，对着走廊运气的时候，他才闪身出来，手里端着一个透明的玻璃瓶，也就是常见的小保温杯的大小，里面是堆在一起、肉眼几乎不可辨别的细毛。细毛团在一起，略带点儿金黄色。

"这是啥？"

"赤胡蛛的毒毛。"

这个词让徐景炎打了一个冷战。

赤胡蛛是当地一种特有的毒蜘蛛。刚来非洲的第一个星期，徐景炎就领教了一番。那天，他靠在一面墙上乘凉歇脚，胳膊蹭到了一只赤胡蛛。那感觉让徐景炎想到了小时候见过的洋辣子，只不过赤胡蛛的毒要烈几个数量级。会用毒的动物可太常见了。按照毒性机制，动物的毒素可以分为神经毒素和组织毒素，神经毒素会给人一种终生难忘的感觉，组织毒素则会给人留下身体上的伤害。按照用途，大致可以分为捕猎用和自卫用：捕猎用的毒素以杀死猎物为主，怎么能把对方搞死怎么来；自卫用的毒素不是为了捕杀，而是告诉对方"我不是吃素的，你离我远点儿"，这类毒素怎么能把对方疼死怎么来，而且立即见效。

赤胡蛛是典型的"六边形战士"，它的毒可以防御、攻杀、刺激神经、溶解组织，具备以上所有功能。

胳膊刚蹭上，徐景炎就感觉不对劲，连忙抽出胳膊，但已经晚了。剧痛让他满地打滚，甚至求钟献给他截肢，又打麻药又冰敷，一天后，剧痛才逐渐消散，差点儿把他疼死。据生物学的专家说，赤胡蛛的毒素导致的疼痛是生物最高级别——Ⅳ级。但徐景炎认为，赤胡蛛的毒之所以会被划分到Ⅳ级，是因为最高只有Ⅳ级。

"从哪儿能弄这么多？"徐景炎感觉胳膊又开始疼了。赤胡蛛只有黄豆粒大小，身上的细毛虽然很密集，但短小。不知道这小小的一瓶，要捕多少只赤胡蛛才能攒得出来。

"花钱就行。"钟献晃了晃小瓶子，做了一个扔出去的动作，"这个比枪管用。"

徐景炎立即懂了，心中暗道："钟老你也够狠的。"

钟献是让他把这个瓶子打碎到长廊中，瓶子破碎的撞击会把这些毒毛炸到空气中。赤胡蛛的毛非常细，不容易落地。时间长了不敢说，至少半个小时，空气中都会有毒毛悬浮。如果经过的人动作大点儿，那些落到地面上的毒毛还会被带起来。现在是夏天，眼前这几个人穿的是长裤短衣，大片大片的皮肤露在外面，结果可想而知。

外面的六个人已经确定了他们的目标就在里面，而且火力弱，所以打开第一道门之后，立即就挺了上来，速度非常快。徐景炎和钟献说这两句话的工夫，长廊他们已经过了半程。顾不上别的，徐景炎往后推了一下钟献，猛地打开门。他整个人全亮了出来，左手用两秒钟清空了手枪里面的子弹，右手把瓶子往天花板砸去，"砰"的一声，玻璃如天女散花般炸裂，细微的毒毛瞬间散入空气中。

徐景炎完成得非常迅速，但那六个人的反应更快。

玻璃破碎的时候，几个人本能地卧倒躲避，结果却发现又被耍了——不是炸弹，只是一个玻璃瓶，而且这次连乙醚都没有，便立即起身开枪还击。大多数的子弹都打在了铁门上，但有两颗子弹钻过了门缝，一颗打空，另外一颗钻进了徐景炎的右大臂，打得他一个趔趄，鲜血立即涌了出来，但他还是成功关上了门。做完这一切，徐景炎才感觉到一阵剧痛。

　　钟献连忙凑了过来，帮徐景炎处理伤口。

　　"幸好，没伤到骨头。"钟献说，"好治。"

　　徐景炎咬着牙，看了外面一眼："不知道还有没有必要治。"

　　"放心，没人能扛过赤胡蛛的毒。"钟献说。

　　本来一切顺利的六个人，此时也感觉到不对劲了。防毒面具虽然能够遮挡住脸部，但赤胡蛛的毒毛充盈于整团空气，粘在每个人裸露的皮肤上。毒素溶解在汗液里，渗进皮肤。几个人首先感觉到的是灼热，紧接着是火烫，然后是剧痛。他们眼见着自己的胳膊充血、红肿，却无计可施。平时杀人如儿戏的人，此时却疼得忍不住呻吟起来。他们中毒的量可比徐景炎当时大多了。强烈的剧痛在几分钟内就引起了痉挛，几个人缩成一团，枪也脱了手。更糟糕的是，空气中的毒毛源源不断地落在他们身上，不断加重他们的中毒情况。

　　徐景炎看着几个人，激灵灵打了一个冷战。他想起自己中毒的感觉，跟那种钻心的疼相比，刚刚的枪伤都不是什么大事了。自己还只是轻轻碰了一下，对面几位可是洗了一个毒毛浴。如果就这么持续下去，怕是会活活疼死。

"这可是你们自找的！"徐景炎暗道。可惜没有把六个人都放倒。距离最远的两个人幸运地避开了毒毛，不过不敢冲进来。徐景炎三人暂时安全了。

"砰"，一道枪声传来。还站着的两个人中，有一个人应声倒地，另外一个人迅速躲进了墙角，他也是入侵者中唯一还有战斗力的人。

莫思铭来了！

作为一名退役特种兵，莫思铭已经把危机感刻进了DNA中。夜半时分，已经入眠的莫思铭被一群惊鸟吵醒，他立即警觉起来。穿好衣服带好枪，他走出了实验区开始查看。三辆车停在了实验区外，下来了12个端着长枪的人，猫着腰逼近研究所。

他的第一个电话打给了实验区的安保人员，叫他们做好准备。第二个电话打给了徐景炎，让他和钟教授藏好。第三个电话打给了圣纳明黎的政府军，让他们来支援。挂掉电话之后，他就尾随在入侵者后面，一个一个地跟着杀。他从后面悄悄靠近，离近了才开枪。一方面他带的是短枪，杀伤距离有限，距离近了再开枪，可以保证杀伤率；另一方面，浓浓夜色还是会影响准度，距离近了可以保证枪枪毙命。他枪法准，手枪枪声又小，加上夜色掩护，直到他开了六枪，杀了六个人之后才被发现。而在余下的对射中，莫思铭轻松占了上风。

此时，他已经进入地下。

他刚到地下，就看到了非常怪异的一幕：长廊中有六个入侵者，四个靠前的缩在地上抽搐呻吟着，两个站在后面不知所措。他抬手就是一枪，子弹洞穿了一个入侵者的心脏。

还剩下最后一个。

透过玻璃，莫思铭看到钟献和徐景炎都好好的，心绪方才平静了不少。刚刚一阵搏杀，虽然他仍然能保持沉稳，但心里免不了有些担忧。现在终于可以放下心来了。他死死盯住那个人，想寻找机会，一枪狙杀。但对方明显是个老手，藏得十分严实。

老妖是这个雇佣兵小队的领头人，也是目前唯一还站着的人。躺在地面上的队友，有些是跟了自己五年的好兄弟。多少次出生入死，苦心经营，结果这才几分钟的工夫，一切灰飞烟灭，只剩下了他自己。懊悔和悲愤淹没了理智，他忘掉了身上的契约，已经不想怎么逃走、如何才能活命，他现在只有一个念头——鱼死网破。

老妖从怀里掏出手雷，突然跳了出来，就在他闪出来的一瞬间，莫思铭的枪就响了，正中老妖胸膛。但老妖只是身体一歪，手中动作却不减。莫思铭又连开了三枪，都打中了老妖的要害。虽然老妖意志坚决，还是扔出了右手里的两颗手雷，可他毕竟中了莫思铭几枪，力量和准度都降低了不少。两颗手雷，一颗在地上滚了两下就停了，但还有一颗向徐景炎他们飞了过来。

徐景炎眼见着手雷飞来，骇然呆住，他下意识把钟献推进旁边的房间，再想有其他的动作，已经来不及了。"轰"的一声，金属门飞了起来，将还没有来得及躲起来的徐景炎和泰山掀翻在地。徐景炎只觉得眼前一亮，接着又一黑。

## 第二部分

# 基因是命运的写手

## *1.*

徐景炎睁开眼，看到的是带纹路的白色天花板和泛着黄白色暖光的白炽灯。他大脑一片空白，想动却浑身剧痛，想说话却发不出任何声音。"我这是在哪儿？我怎么了？"

"醒了？"一个医生走到他的床边。

徐景炎听这声音很熟悉，转头一看，是研究所的一位医生同事，姓吴。

"还能想得起来什么吗？"

徐景炎微微摇了摇欲裂的头。

"炸弹爆炸，掀飞了两扇门板，你就在其中一扇门板之后。幸亏你本能地抬起手，挡了一下。要不然整扇门直接拍在你身上，估计你当场就死了。"吴医生叹了口气，"你先是被门板重重拍飞，又重重砸在地上，受了重伤。"

此时徐景炎已经慢慢恢复了一些记忆，神经和肌肉也在恢复知觉。他抿了抿嘴唇："有多重？"

"嗯……"吴医生摇了摇头，"右手腕骨折，左小臂桡骨粉碎性骨折，肋骨折了六根，左肺被金属条刺穿……"

"这样还能把我救过来，也怪难为你们的。"

"现在的医疗水平，说是能起死回生都不为过，哪怕这是在非洲。而且，你也比较幸运，事情就发生在医院里，治起来方便得很。"

"幸运？"徐景炎想到这个词，轻笑了一声，"其他人呢？"

"谁？"

"所有人。"

"泰山死在了那场爆炸里，他被另外一扇门板重重拍了一下，他太瘦小了，根本无法经受住那么大的冲击。那队雇佣兵一共十二人，全都死了。其中七个人是一枪毙命——老莫的枪法是真的准。有一个人中了四枪——就是扔炸弹的那个。还有四个比较惨，先是中了赤胡蛛的毒，然后又被炸——也幸亏有炸弹，要不然他们真的会活活疼死。"

"钟教授呢？他没事吧？"

"钟教授没事，幸亏你推了他一把。他整个人摔进了旁边的屋子里，虽然摔得够呛，但没有受到炸弹波及。他已经回国了。"

"回国？"徐景炎吃惊不小。

"那边需要他。莫思铭也跟着回去了。"吴医生上下打量了打量躺在床上裹得跟木乃伊似的徐景炎，"不过他留了两句话，让我转达给你。第一句：他欠你一条命。第二句：等你身体条件允许了，随时可以回国。"

"这里的事呢？"

"这里一直有人负责，还交给他们就行。"

这不对啊！虽然泰山死了，但他手头的研究项目还需要更多的实验才行。他不知道钟献和沈音都是怎么想的，但想来他们一定有了自己的打算，还是等身体好点儿了，亲自问他们吧。

一个月之后，徐景炎可以下床了。这里没有什么事情需要他，当然，就算有他也做不了。他闲暇的时间就在周围来回走动，最常去的地方就是泰山的墓。他会在那里晒着太阳，一坐就是一天。他的脑海里总是浮现出泰山的身影，一遍一遍回溯那短暂又离奇的一生。而泰山本人对这一切都混混沌沌，或许直到死去，他大脑里想的也只是回到黑猩猩群里面去。

每次想到这些，徐景炎就会想到现在身在异乡、伤痕累累的自己。碌碌半生，不知道自己在活什么，无法找到自己在世界上的位置。自从来非洲之后，他经常会忽然醒来，然后要经过半分钟，才能想起自己是谁，自己在哪儿，自己要做什么，自己该做什么。

他觉得自己与泰山一样，都是水上浮萍。

看似自由，其实一身的铁链。

## 2.

徐景炎再次踏上家乡的土地，是在两个月后。魏雨晴带着露露来接他。本来沈音也打算来接他，但被他拒绝了。沈音也没勉强，但留下了几句话："给你卡里面打了50万，是出差补助，不扣税的，工资回头另算。"

看着汇款到账的手机短信提示，徐景炎苦笑一下，也不知道这笔账沈音是怎么算的。他也不知道自己是亏了还是赚了。

徐景炎离开了将近三个月，露露眼见着长大了不少，见到徐景炎，开心得像个小猴子。虽然这段时间姐姐在医院，父亲在海外，但露露的日子过得相当快乐。姚崎每天陪着她玩，简直把她宠成了小公主。这段时间，她终于体会到了一个正常的小女孩儿本应该拥有的快乐。

"实在不知道该怎么感谢你。"徐景炎看着魏雨晴，微微欠了欠身。

"这是我愿意的。"魏雨晴爽快一笑，"不过我确实有件事需要你帮助。"

"万死不辞。"

"我可不需要你变成这样。"魏雨晴上下打量着徐景炎，调侃道。

徐景炎自嘲一笑："我这还是养了两个月了。现在我表面上是好了，但实际上全身的骨头都裂开了。"

"走吧，路上给我们讲讲。我还没去过非洲呢！"

终于有人可以说说话了，徐景炎觉得这才是活着。除了泰山的事，徐景炎全讲了出来。这段经历说出来，像故事、像梦，也像游戏。话匣子打开了就关不上。只不过两位听众的关注点完全不一样，露露只关心长颈鹿到底有多高，犀牛是不是都很可爱，魏雨晴关注的则是那里到底发生了什么。

"那个雇佣小队到底在找什么？"

"嗯……一项很重要的科研成果。"徐景炎抬头见魏雨晴正在看着他等下文，不得不继续说下去，"同源在圣纳明黎发现了一种病毒，结构简单，稳定性强，可以作为基因治疗的载体，一旦被证明可以用于治疗基因疾病——比如瑶瑶那种，就可以大范围使用。前景极度广阔，市场空间也很大。"

"听起来好像很厉害的样子。你们找到给瑶瑶治病的方法了吗？"

"老实说，我不知道。"徐景炎有点儿丧气，"同源似乎找到了方案，但是我看不太懂。我离开科研行业太久了，对于现在的科技发展，一时间根本追不上。"

"那也就是说，他们在瑶瑶的治疗上会采取什么样的行动，你也不知道喽？"

徐景炎点点头，但他忽然觉得魏雨晴话中有话。"你知道？"

"确实知道点儿东西，我们需要好好聊聊了。"


把露露送到学校之后，两人来到了徐景炎的家里。屋子许久没有住人，还有点儿冷清。好在这间房子的封闭性比较好，才没有落下一层土。徐景炎想给魏雨晴拿瓶果汁，结果发现都过期了，只好烧上水，又翻出茶叶来，等着一会儿沏杯茶。

"你知道些什么？"徐景炎说得平静，但内心十分忐忑。

"你对钟献了解多少？"

"钟献教授，"徐景炎是真的在认真考虑这个问题，"睿智博学，思维独特，研究超前，是我见过的人中专业素养最高的。"

"看来经过这段时间，你对他的了解还停留在表面。"

"你到底知道点儿什么？"徐景炎眉头一皱，有点儿恼怒。

"喏，给你，你自己看吧。"魏雨晴并没有回答他这个问题，而是递给他一叠厚厚的资料，"这才是钟教授的本来面目。"

徐景炎将信将疑地接过资料，当即翻看起来。他越翻越心惊，越翻越快，以致后面几页都像刷过去的一样。看完之后，他出了一身冷汗。徐景炎实在没办法保持平静，因为资料显示：钟献曾经秘密地做过非法人体实验，而最后的结果是，实验对象死亡。

钟献研究的是遗传病，在这片还是蓝海的领域，不但各个大学和研究所竞争极其激烈，商业应用也同样如此。而在这种大多数发现还停留在理论阶段的领域，要研究出一种可供人体使用的药物，时间要以年来计算，这还算快的。而人体实验是药物进入市场前的最后一步，在已有的数据和实验的支持下才能进行。

这就完全解释得通了。以钟献教授的能力，为什么栖身在同源？因为他有这段黑历史。商业的下限，比科研的底线要低得多。想到这里，他又想起了泰山，想起了这次非洲之行的真正目的，想起了那段日子钟献围绕泰山做的研究。虽然钟献没有伤害他，但泰山终究是因此而死。

"这些资料你是从哪儿找到的？"徐景炎心里翻江倒海，但语气还是古井无波。

"这个比较复杂，一会儿再说。"魏雨晴说，"有件事现在更重要。"

"你担心同源和钟献教授会对瑶瑶不利，甚至……"后面的话，徐景炎没有说出口。用瑶瑶做人体实验，不要说真的发生，仅仅是说出口，就足以让他心惊胆战。

魏雨晴点点头。

"为什么会这么想？同源每年有这么多的人来治疗，大都是遗传病。得罕见病的人那么多，他们为什么会选择瑶瑶？"

"并不是因为瑶瑶的 X 染色体失活出现了问题，而是因为瑶瑶有一个双胞胎妹妹。这两个女孩儿基因相同，是天然的对照组和实验组，可能世界上也仅此一对儿。"

连健康的露露都有危险，魏雨晴的这句话让徐景炎脊背发凉。如果是真的，他这就是把女儿带进了火坑里。"你到底是谁？"

"很重要吗？"

"很重要，这些资料也不是一般人能拿到的。"徐景炎说，"你也不是基金会的工作人员。这些资料，你肯定不只是给我看看这么简单，一定还有其他目的。"徐景炎晃了晃手里的纸。

"说出来你不要吃惊，我是警察。"魏雨晴摊牌了。

"那名字也是假的了？"

"是，我的真名叫魏雨晴。"

"那你接近我是为了？"

"这件事说起来有点儿复杂，"魏雨晴说，"半年前，一名男子在同源接受了端粒修复的治疗，手术非常顺利。但谁也没想到，这个人三个月之后就死了。同源认为是病人的原因，要么本身有其他的隐藏疾病，要么不知道在哪里感染了朊病毒。而死者家属认为，死者是在同源治疗的过程中感染的。本来我把它当成一起普通的医疗事故案件来调查，但调查下去才发现，这件事非常诡异。虽然知道死者的死亡方式，但找不到是什么原因引起的。这就让整件事没法定性——"

"这跟我有什么关系？"徐景炎打断魏雨晴的话。

"因为这起案件的外界线索都断了，要想调查真相，只有一个办法：从同源入手。这个时候，我正好碰到你来同源给瑶瑶看病。"

"所以你是希望借我当跳板，与同源建立联系。"见魏雨晴点点头，徐景炎不怒反笑，恨恨地点了点头。

这一切就说得通了！想想自己倒了一辈子霉，与前妻结婚又离婚，好不容易留下两个孩子，有了念想，有了奔头，其中一个却得了怪病。然后突然就运气好了，求老同学提供帮助，他二话没说，还顺道给了自己一份工作。突然又有一个基金会的人无微不至地提供帮助，往自己手里递钱。原来都在这里等着呢！同源那边是为了实验，而眼前这个人是为了利用他。或许是倒霉太久，了解到此，徐景炎居然觉得，这样整件事才正常了。

"为什么决定告诉我这些？"他问。

"因为通过这段时间的调查，我发现你完完全全被蒙在鼓里，甚至比我知道的还少。而且你比我更需要知道，把瑶瑶送进同源，是真的能救她，还是会害死她。"

魏雨晴的话戳到了徐景炎心中最软的那一块，他慢慢冷静下来。"你是想要……"

"合作。"

*3.*

　　送走魏雨晴，徐景炎用凉水洗了把脸，清凉的气息让他很
快平静了下来。他回到桌子上倒了一杯白水，拿出纸和笔，开
始梳理一切。一个个关键信息随着笔尖的"沙沙"声流到纸上，
他的思维也开始飞速运转。

　　以前，徐景炎只知道生活极其艰难，但从没想过也会如
此凶险。

　　他该信谁呢？沈音？沈音是他的旧友，甚至可以说是死党，
但那都是七八年前的事了。七八年能改变多少事啊！他自己都
不是以前的自己了，沈音会变成什么样，谁能知道呢？钟献？
如果说只有一个人能救瑶瑶，徐景炎选出来的只能是钟献。但
钟献的思维岂能按照普通人的逻辑来推演？想想泰山的遭遇，
徐景炎心里实在没底。对于钟献来说，科学研究甚至大于生命
本身，他会如何处理瑶瑶的病症，真的难以猜测。魏雨晴呢？
她为瑶瑶提供了实实在在的帮助——一大笔钱，解了燃眉之急。

但她藏得也够深的。

他们父女三人何德何能，被一个财阀、一个专家和一个警察围在了中间。无论哪一个，都能把他们吃得渣都不剩。

分析完局势，他又开始想自己到底该怎么办。

放弃瑶瑶的治疗，从同源抽身？只是在脑子里面一过，徐景炎就放弃了这个选项。从病情上说，瑶瑶已经极度危险了，这个时候另谋生机，相当于放弃治疗。等待他的唯一结果，就是眼睁睁地看着瑶瑶死亡。这条路不行。三个人可分为两个阵营——沈音和钟献，对阵魏雨晴。毫无疑问，最危险的肯定是前一组。因为魏雨晴是警察，有底线，而且有司法背书，可以跟她合作挖掘真相。但是，如果沈音和钟献是真的在救瑶瑶的命，自己这岂不是恩将仇报？

徐景炎越想越烦，越梳理越头大。他晃了晃脑袋，顺手拿起了几页资料，认真读了起来。那是魏雨晴临走时放在他桌子上的，关于那场死亡事件的资料。

万祺霖，四十七岁，爱仕的老板，家财万贯。万祺霖出身农村，没资金没背景，几十年商场上摸爬滚打，几经沉浮，终于建立了自己的商业圈。于2038年7月24日，万祺霖在同源公司接受了端粒修复治疗，治疗过程非常顺利。三个月后身体出现不适症状，发病过程缓慢而诡异，在旁观者看来也非常痛苦，最后惊厥而死。这个过程持续了三个月，后来才知道是朊病毒感染。这相当难以理解，朊病毒可不常见，他是从哪里感染的呢？

徐景炎拿着这份资料翻来覆去看了几遍。新型朊病毒的出现，还是让他有点儿忌惮。万一真是同源的药品器具被污染了，那瑶瑶也会面临同样的危险。盘算许久，他终于拨通了电话："魏警官，你应该有计划吧？"

徐景炎走出楼门，抬头仰望。空气通透，一切轮廓都在明艳的光线下显得异常清晰。有多久没看过这样的艳阳天了？刚去非洲的那段时日总是阴雨绵绵，之后的日子里，他先是昏迷不醒，后来又卧病在床。而这次回来之后，又总是匆匆赶路。以前要是遇到这样的天气，他一定带着两个小姑娘出去撒欢儿了，可现在一切都变了。他不明白，仅仅是想平静地活下去，为什么这么难？

上了出租车，在奔向同源总部的路上，他努力放松下来。

魏雨晴的计划很简单——以万祺霖的死因为起点。他是朊病毒感染致死，那就查他会从哪里感染。她自己从万祺霖的家庭开始调查，希望找到一些线索。而徐景炎要想办法从同源内部拿到更隐秘的医疗档案，主要是看同源是否有所隐瞒，比如私下做了什么不成熟的试验，开了什么未经过审批的药物。

没有一件事省心。徐景炎心烦意乱，但不得不细细盘算着如何才能做到这一切。

下了车，徐景炎径直朝研究大楼走去，但走着走着，他感到有点儿不太对劲。以前这里气氛活跃，不管去哪儿，每个人都昂着头，脚步声踢踏踢踏的，此起彼伏。但今天完全相反，每个人都低垂着头，步履匆匆，还小心翼翼地尽量不发出声音，沉闷得要死。这一看就是出事了！徐景炎也不自觉地压低了发出的声音，向内走去。

在转角处，他一眼就看到了莫思铭。

"莫哥。"自从昏迷之后，徐景炎还没见过莫思铭。但他每时每刻都没忘了，自己这条命就是莫思铭救下来的。

"景炎？"莫思铭匆匆往前赶了几步，"你好了？好得真快。"

"只是表面好了，其实全身都疼，我都数不清这身体里有多少钉子。但不管怎么说，命是保住了，还得谢你救命之恩。"

"这是我的工作。"莫思铭还是不苟言笑，"不用挂在心上。"

又寒暄了几句后，徐景炎低声问："同源出什么事了吗？"

"又死了一个。"

短短几个字，信息量可有点儿大。

"谁死了？为什么要说'又'？"

老莫摇摇头："你到里面就知道了。"

徐景炎知道老莫是个粗人，同源内部的事他不了解，也很难说清楚到底是什么事。他快步走到沈音的办公室，敲开门。一进来，看到几个人的架势，就知道这事小不了。

沈音站着，靠在桌子边上，左胳膊横在腹部，右胳膊立起来架在上面，手半握着抵住下巴，支起低垂的头，一言不发。钟献坐在沙发上，双臂撑在身前的桌子上，双手交叉，放在嘴巴前，那姿势好像《新世纪福音战士》里碇真嗣的父亲，也是一言不发。姜愉也失去了往日的高傲，胸前抱着一摞资料，一样一言不发。徐景炎进来的时候，三个人不约而同地扫了他一眼，又都恢复了刚才的姿势。徐景炎尴尬极了，不知道自己是该说话还是该闭嘴，是该进来还是该出去。

好在沈音说话了："来了？"

"啊。"

"你还没好，就在家歇着吧。"

"没事，不碍事。"

屋里的气氛因为徐景炎的到来稍稍缓和了一点儿，沈音说："那也行，正好你来了也听听，帮我们出出主意。"他又转向姜愉："你说吧，万祺霖的事也一起。"

徐景炎心里翻江倒海，但表面上平静如水，就像第一次听到这个名字。

姜愉深呼了一口气，开始细说起来。只不过，万祺霖的部分，徐景炎早就知道，姜愉也没说出什么更新的东西来。徐景炎就仔细听了后面的那场死亡事件。

罗辛，七岁。两岁时，他的身体开始出现异常，无法正常发音，经常发呆，反应迟钝。开始这些表现并不明显，罗家人也只当是孩子发育晚，后来症状加重，他们才感觉孩子不对劲。到医院检查，诊断出脆性 X 综合征。这种病因基因而起，但致病的原因不在编码蛋白质的基因中，而是在不编码蛋白质的垃圾 DNA 中。在 X 染色体上有一段垃圾 DNA，是 CCG 的重复序列，而脆性 X 综合征患者身体里的这段序列重复过多。这会影响正常基因（即会表达脆性 X 蛋白的基因）的表达，导致患病。

究其原因，是与 DNA 的甲基化有关。知道了病理，随着基因技术的进步，现在这种病已经可以治愈了。而且，这种病也不是什么罕见病，所以治疗手段已经非常成熟，当时的手术也是非常顺利的。

而接下来发生的事情，简直就是万祺霖事件的翻版。罗辛在接受同源治疗三个月后，身体开始出现异样，很快就表现出痴呆、痉挛、精神亢奋、嗜睡等症状，两个月后惊厥而死。经尸检，他也死于朊病毒感染，与万祺霖感染的朊病毒是同一种。

徐景炎听姜愉讲完，如坠冰窟。一件事可以说是意外，但第二件事继续发生，任谁都知道这里面有大问题。

"有线索没有？"徐景炎问。

钟献默默地摇摇头："我检查了两个病例的所有记录，全部合规合法。我也把所有的用药都检查了一遍，全部都是法律上允许使用的。"见沈音直勾勾地看着他，钟献回以笃定的眼神，"我保证。"

钟献所表现出的坦然，绝不是装出来的。看样子钟献并没有偷偷做什么试验，徐景炎暗自思量着，心里舒服了很多。不过，这事就显得更复杂了。问题出在哪儿呢？

"查，必须查，必须找出原因来。"沈音狠狠拍了下桌子，茶杯跳起来老高，又哗啦一声砸了下去，"万祺霖第一个，罗辛第二个，谁知道还有没有第三个？两个不同病例，同样的死法，流言肯定满天飞了。"

这流言岂止满天飞，作为同源的公关人物，姜愉真的有些焦头烂额、疲于应付了。各种靠谱的不靠谱的、有边的没边的传言，一窝蜂地往她耳朵里面钻。有说同源药品有问题的，有说同源做人体实验的，有说同源是毒源的，还有搞阴谋论、说是竞争公司给投毒的，甚至还有说这是同源故意搞出来的……但无论哪种说法，同源都毫无疑问地处于风暴的正中间。

"我来查吧。"钟献说。

"你不行，你手上的项目不能停。那个更重要！"

嗯？还有比眼前这件事更重要的项目？徐景炎猜不到。当然他也没傻到现在问一嘴。

"我……"姜愉说。

"你也不行。现在事情这么大，你得稳住媒体，控制住舆论方向。这比事件本身更重要。我可以不要真相，可以不知道他们到底是怎么死的，我不在乎。我在乎的是同源，它一定要稳住。"沈音语气严厉而坚决。

"我来吧。"

徐景炎看了看四周，这屋里也没剩下别人了，于是主动开口。"我可以去查。"见沈音看着他，"我身体没问题，而且我自己就有一个病重的女儿，我知道怎么去跟病人家属谈。"

沈音看着徐景炎，半晌之后才说："行，这事交给你了。有什么需要就跟我提。"

"知道。"徐景炎点点头。

徐景炎知道这件事很重要，沈音要交给自己信任的人。

徐景炎也知道，这件事没那么重要。钟献有新的研究项目，直接决定了同源在基因医疗方面的地位，关系着同源的未来。姜愉要稳定舆论，关系着同源的现在。而这两起死亡事件代表着同源的过去，而且让他查，也只是让他配合调查，配合即将到来的官方和警察。从刚刚与钟献的谈话中，沈音已经基本确定这件事的差错不在同源，自然就放心了大半，交出去也不碍事。除了配合调查，也就不需要做更多的事情了。交给徐景炎，正合适不过。

　　不过这件事虽然对沈音没那么重要，但对徐景炎来说可不一样，他需要知道问题到底出在什么地方。因为死的是两个病人，而他的女儿就在这里接受治疗。

*4.*

从办公室出来，徐景炎和钟献并排从楼梯走下去。

"很抱歉，我本来想和你一起回来。"钟献抢先说，"但是这里出了点儿状况，我只好提前回来。"

"您看，我这不是挺好吗？"徐景炎从来没有想过钟献有哪里做得不对，"您的事情解决了吗？"

这个问题似乎难倒了钟献，他支支吾吾了半天，才不太肯定地说："算是解决了。"

徐景炎只当是同源的机密事件，还埋怨自己多嘴，让人尴尬。"钟教授，瑶瑶怎么样了？"他赶紧岔开话题。

"病情稳定下来了。你去看看她吧，你知道她在哪儿。"钟献说，"不过，我就不陪你去了，我还有事。现在瑶瑶有一个专门的护士照顾，叫毛月月，关于瑶瑶的事，你都可以问她。"

"钟教授，谢谢你。"

"该是我谢你。"

徐景炎走到瑶瑶病房门前的时候，瑶瑶正好醒着。尽管被病魔折腾得生不如死、精神萎靡，但是当她透过玻璃窗看到徐景炎熟悉的面容时，还是惊喜地喊出了"爸爸"。

父女俩虽然很久不见，但他们通过同源工作人员之口，不断了解着对方的境况。瑶瑶知道爸爸去了非洲，对于连省都没出过的她来说，非洲太远太神秘，她积攒了无数的问题。大象走起来路来地会震吗？狮子和老虎哪个大？鳄鱼会和河马打架吗？是不是有好多毒蛇？猴子和猩猩能听得懂对方说什么吗？……一个个问题让徐景炎应接不暇。见瑶瑶精神很多，他心中宽慰，也就耐心地说给她听，还给她看自己在非洲拍的照片。

但瑶瑶终究是个病人，没多久就累得不行，一旁的毛月月连连示意。徐景炎这才中断了父女的闲聊，直到她入睡后才起身。

毛月月向他介绍了瑶瑶的情况。大体就是，瑶瑶的病情通过用药已经稳定住了，而他们正在研究治疗的方案，相信很快就会有结果。临别时，毛月月还特别提醒徐景炎，瑶瑶的治疗情况已经同步录入电子病历中了，让他随时查看。

时间往回捯一个月。钟献从飞机上下来，就立即赶往瑶瑶的病房。原因是几天前，医生在治疗过程中发现一件非常棘手的事情：瑶瑶对腺病毒有免疫反应。这打了钟献一个措手不及。腺病毒虽然是病毒，但一般来说对身体是无害的，哪怕进入人体也不会致病。而腺病毒又十分稳定，所以经常被用作基因导入细胞组织的载体，这也是目前世界上最成熟的基因治疗手段。

　　但瑶瑶对腺病毒有强烈的排斥反应，这就表示无法用腺病毒作为载体导入正常的基因。这条基因医疗科技上走得最远最熟的路，已经坍塌了。真是麻绳专挑细处断，厄运只找苦命人。沈音下达了必须救活瑶瑶的命令，钟献则远程指挥，终于止住了瑶瑶的内出血，把她从死亡边缘救了回来。钟献赶到病房的时候，瑶瑶的病情已经稳定下来了。但此时的瑶瑶干瘦惨白、血色全无，不用看什么报告，也不用询问什么病情，钟献就知道她已经时日不多了。但最让他觉得不可思议的是，他从来没见瑶瑶哭过。

　　"疼吗？"

　　"不疼。"瑶瑶摇摇头，"疼多了，就不疼了。"

　　"怕吗？"钟献语气平静如水，就好像问候早安一样。

　　"不怕，"瑶瑶摇摇头，"死多了，就不怕了。"

　　瑶瑶的语气像钟献一样平静。

　　难以想象这是一个六岁小姑娘说出来的话，但也不难想象。瓦解的家庭、不可治愈的疾病，都让这个姑娘体会了太多。时间不会让人成长，经历才会。

　　"我是不是快死了？"瑶瑶问。

　　"这个问题有点儿难回答。"钟献眨眨眼，语气尽量温柔一点儿，"你现在病得很严重，我也没有什么把握。"

　　瑶瑶点点头。

钟献也点点头。作为一个医学工作者，他见过太多死亡和挣扎，心早已冰冷如铁，但此刻融化了一部分。他看着瑶瑶，下定了一个决心。不管结果如何，他都要试一下，哪怕瑶瑶会因此而死，哪怕自己会因此承担责任。

"瑶瑶，我有件很重要的事跟你说。关于你的病，我想到了一个解决办法。但是我还没有什么把握。"钟献挠挠头，"有点儿像你还没有准备好，但不得不参加考试一样。"

"但还是不能缺考啊！我爸爸曾教过我一句话：如果只有一个办法，不管多糟，它就是最好的办法。"

"倒是很对。"钟献想了半晌。

"看来你爸爸选错了研究方向，他不应该去研究生命科学，应该研究行为学。"钟献话锋一转，"不过，这件事最好保密。"

"这不是件好事吗？"

"是好事，但是……"钟献皱着眉头，"我们这个社会有很多规矩。总体来说，这些规矩是为了防止坏事发生，但个别情况下，也会阻碍一些好事。我现在要做的事，还没有被这个规矩认可，如果我们现在透露出去，无论是谁，都会阻止我们。"

瑶瑶似懂非懂："我爸爸呢？"

"我建议不要告诉他，因为这个决定不是那么好做，尤其对于一个父亲来说。知道这件事，只会让他更痛苦，但改变不了结局。"

似懂非懂的瑶瑶陷入了回忆。她眼前浮现了很多画面——

父亲抱着她在医院楼道里奔跑，两天不眠不休布满血丝的双眼，等着排队叫号的空当都能睡着的低垂的头……她也想到了这几天每天都能看到的钟献。

"好吧。"瑶瑶点点头，然后颤颤巍巍地伸出了左手，小拇指勾着，中间三根手指攥着，大拇指挑着。钟献一笑，同样伸出左手，也学着她的样子做出手势。然后，两根小拇指勾在了一起，两根大拇指对在了一起。

此时正值初秋，天高气朗，微微泛黄的树叶在清风中哗啦作响。在这间普通的病房里，一个老人和一个小孩儿，用温柔的话和原始的手势，定下向死神挑战的盟约。


徐景炎离开同源后，立即给魏雨晴打了电话，告诉她罗辛的事，没想到魏雨晴已经知道了这个消息。现在情况变得更复杂了，电话里面说不清，两人就约在了露露学校旁的一家冰激凌店。此时是下午三点，两个人都不饿，于是每人要了一杯冰激凌，徐景炎要的是香草味的，魏雨晴要的是巧克力味的。

两人坐下之后，经过一番盘算，就现在的情况总结出一个好消息和一个坏消息。坏消息是，这不是什么意外事件，事情比他们想象的要复杂危险得多，而且，现在无法确定是否还有第三起死亡。但两个人都知道，他们没有多少时间。

唯一的好消息是，调查的方向清晰多了。两人确定的策略是从两起死亡的共同点查，各自承担自己擅长的那部分。徐景炎从里往外查，从两人的治疗过程入手，先调查其中的异常以及不合规的部分，再调查两者相同的部分，希望能找到一点儿线索。而魏雨晴从官方入手，由上往下查，找到两人在生活上的共同点，尤其是看他们是否有交集。

"真是个大活儿。"徐景炎说。他想起这一大堆的事就头疼。以前只发愁钱就行了，而现在，钱暂时是不缺了，但要担心的事更多更复杂了。

"只能怪你倒霉，事都让你赶上了。"魏雨晴的杯子已经见底，她用勺子刮着杯壁，"这家店的冰激凌不错。我都忘了上次吃冰激凌是什么时候了。"

"瑶瑶最喜欢吃他家的了。"徐景炎望着空杯子，回想着露露和瑶瑶在身边绕圈的日子。

"说起瑶瑶，你想没想过把她先接出来，换家医院？现在情况有点儿复杂。"

"我接出来，她就只能等死了。"徐景炎摇摇头。

"但同源给瑶瑶提供治疗，恐怕目的也不单纯。"

徐景炎点点头，看了眼窗外，一只乌鸦从垃圾桶里叼出了一颗苹果核，拍拍翅膀飞走了。"我离婚没多久，瑶瑶就病了。那段日子非常混乱，生活成了大问题。很快我就发现，没有谁应该对你好，没有谁应该帮助你。人与人之间最基本的关系就是漠不关心。漠不关心，这就相当于地球上的水平线。善意、尊重、关心、帮助……这些在水平面以上；伤害、欺骗、出卖……这些在水平面以下。我无法利用自己的厄运，来博取同情、寻找帮助。从那以后，我就已经不再想从世界拿到点儿什么了，而是想自己能拿出什么东西来，能换点儿什么回来。瑶瑶在同源可以得到治疗，我可以通过为同源做事来获得报酬。而在其他地方，我恐怕连能拿出来置换的东西都没有。虽然这不是最好的办法，但它是我唯一的选项了。"

"对不起。"魏雨晴想起自己隐藏身份、欺骗徐景炎的事。想到自己其实目的也不纯粹，多少有点儿尴尬。

"这不重要。"徐景炎微微一笑，"你帮了我、帮了瑶瑶，我也希望能为你做点儿什么。同源也一样，我能为它做点儿事情，它也能救瑶瑶。不管怎么说，这场交易我还是赚了的那个。"

"明白，"魏雨晴说，"交易的重点并不是双方拿出的筹码是否价值对等，而是双方是否满意。"

见徐景炎点点头，她又说："那好，我也有一场交易要跟你谈。鉴于我们现在是合作关系，而你又是个有两个女儿的单身父亲。为了保证你的工作效率，我提议让我父亲继续照顾露露，就像你在非洲时一样。"

这是一个正当的原因，但只是其中一个原因。徐景炎回来后，露露就要回家了。姚崎带着小姑娘过惯了，现在突然只剩他自己，便把精力都放到了魏雨晴身上，让她赶紧脱单，找个人嫁了，生个像露露这么招人喜欢的小姑娘。这下可把她唠叨得不轻。如果露露能回来，就能帮她分担相当一部分火力。而且，两人也能集中精力解决眼前的大案子。

徐景炎低头抿着嘴，左手转动着玻璃杯。如果可以，他真想每天陪在女儿身边。但现在看来，根本不可能。且不说瑶瑶的病，两起死亡事件的调查、同源的治疗……他根本身不由己。

"会不会太麻烦你们了？"

"你查的时候多卖卖力气就行。"

"我保证。"他把最后一勺冰激凌填到嘴里，心中长叹了一声，不知道这种日子什么时候是个头。

*5.*

2000 年，新千年的第一年，人类基因组草图的绘制就完成了。这是世界上十多个国家历经十二年合作才完成的工作。这条新闻一经发布，就抢占了各大媒体的头条。基因组是什么？那携带的可是遗传的全部信息。为此有人乐观地预言：人类解开了基因这本神秘之书，治疗基因疾病、掌控自己命运的时代已经到来。后来人们才发现，这真是想多了。如果硬要把基因比喻成一本书，那不是无字天书，至少也是本甲骨文。

东西就摆在你眼前，可你就是理解不了它的意思。

而基因治疗这条路，更是惨烈无比。直接对基因这个根下手，稍有差池就会伤及生命，想救都难。所以钟献万分小心。现在已经明确，瑶瑶无法接受常规的基因治疗，也就是以腺病毒为载体、将正常基因导入细胞的办法。于是他决定，用他们在非洲发现的这种更稳定的病毒。虽然他们已经在非洲的基地做过无数次试验，证实了有效性，但这里毕竟是在万里之外，对于病毒和宿主来说，都是第一次接触。

此时钟献眼睛紧紧盯着显微镜，里面是病毒溶液和从瑶瑶身体上提取的组织，生怕错过一点儿。

毛月月在一旁如坐针毡："钟教授，我们这样做真的好吗？"

"你有好办法？"钟献眼睛依然没有离开显微镜。

"我……没……没有。"毛月月说。

"我最近学了一句话，'如果只有一个办法，那就是最好的办法'。"钟献头也不抬地说。

"但是这不合规啊，出了事……"毛月月不敢往下说了。

"出了事，我负责。这件事不要跟任何人说。不，不对，"钟献看着毛月月，"这件事你就当不知道。你所做的所有事，都是我安排给你做的。听明白没有？"

毛月月没有回答。

"听明白没有？"钟献语气变得犀利而严肃。

毛月月不由自主地点了点头。

"重复一遍。"

"啊？"

"重复一遍。"

"我什么都不知道，所有做的事都是您安排做的。"

测试结果出来了，瑶瑶的身体对新病毒没有排斥反应。新病毒完全可以用来做基因载体，导入她的体内。虽然钟献早有把握，但直到看见结果，他才真正放下心来。载体有了，健康基因也早就准备好了，那是很早以前就从露露身上采集来的。

接下来就是加快非洲那边的研究，把新药研制出来，然后给瑶瑶治病。

这是一个有巨大风险的选择。医疗领域对基因治疗一向是谨慎、谨慎，再谨慎，对基因制药的每个环节都有十分严格的要求。每个阶段都需要反复实验，身体反应、后遗症、过敏性、不良反应、出现问题后的治疗措施，都要研究得透透的，确保万无一失，才能进入下一步。一种新药从立项到生产，少则几年，多则几十年。耗费的人力、物力、财力都极其庞大，再加上时间成本，一般的制药公司根本承受不起。当然，研究出的药物也不是一般家庭能承受得了的。

钟献现在要把这些环节都省掉，用新发现的病毒做载体，研究新的药物，然后直接用在瑶瑶身上。且不说结果会如何，这种行为已经触犯了医学研究的禁忌。所以毛月月每跟钟献往前走一步，都需要做一番思想挣扎。而且看样子，钟老并没有得到老板的许可，她这心里总是忽上忽下的。但她还是跟着钟献，认真地记下了每个环节。

"所有的研究数据和实验结果都要记下来，一点儿都不能差。"钟献说。他很喜欢这个姑娘，有灵性不说，这么大的事也敢跟着自己干，胆量不小，所以他教的东西就多了一些。

毛月月点点头。

"还有，这些数据单独记录，不要和瑶瑶的病历报告放在一起。"

毛月月"嗯"了一声。

同时，徐景炎也开启了他的调查。在取得了沈音的许可后，徐景炎得到了在同源调取病历的权利，而且不仅限于这两起死亡病例。这并不是徐景炎想越权。基因治疗是一个长期的过程，其中很多药物都是通用的。借助其他的正常病历，可以大范围删除常用的基础药物。再调查时，就可以集中于那些特殊药物，会更有目的性。这是一个烦琐的工作，非常花费时间。

但这些都是必走之路，一步都不能省。

在万祺霖和罗辛的死亡报告上，有一个共同的地方——他们感染的是同一种全新的朊病毒。

严格来说，朊病毒不是病毒。病毒是蛋白质和遗传物质组成的，它们自己没有完整的细胞结构，只能侵入细胞，然后借助细胞组织制造自己。而细胞也不是随便进的，特定的病毒会进入特定的细胞，这也是为什么不同的病毒伤害的组织不一样，致病反应也不一样。而朊病毒不是病毒，是蛋白质。

说起蛋白质，就更复杂了，虽然人们知道它是人体所需的六大营养物质之一，但这样的概括未免太狭隘了一些。

碱基对可以编码氨基酸，氨基酸组成蛋白质。但蛋白质可不是一个一个氨基酸严格按照基因给定顺序排下来的，它还有更复杂的空间结构。就好像一堆积木，都是这堆东西，一个不多、一个不少，可以搭成房子，也可以搭成木偶。朊病毒，就是改变了空间结构的蛋白质。这些蛋白质会传染，会改变正常蛋白质的结构，然后就一直这么扩散下去，直至感染者死亡。而朊病毒感染的死亡率更是达到惊人的百分之百。

朊病毒攻击的是神经细胞，最终目的地是大脑，这也是万祺霖和罗辛感染之后表现如此怪异的原因。吊诡的是，因为大脑太重要，在生理结构上，大脑和脑血管之间有一层血脑屏障。绝大多数情况下，这层保护组织确实起到了阻挡病毒的作用，但它对朊病毒无效，反而阻挡了药物输送。形象点儿说，朊病毒就卡住了人体神经结构上的这个 bug。

而现在更怪的是，出现了一种从没见过的朊病毒。

大名鼎鼎的疯牛病，就是朊病毒感染。让人后背发凉的库鲁病，也是朊病毒感染。全世界关于朊病毒的统计只有五种，但现在徐景炎手中就有一种新的。如果不是两起死亡都与同源有关，估计沈音早就安排发布会，公布发现新病毒了。现在秘而不宣，应该是打算在关键节点上，或者事情水落石出之后，再看情况公布。

问题是，这种朊病毒是从哪儿来的？他们两个人又是怎么被感染上的呢？

徐景炎发现自己又回到了出发点，整个人感觉有点儿头大。从哪里开始呢？此时已经半夜了，他揉了揉眼睛，缓和了一下精神。嗯，先从两个病人都使用过的药开始。但现在有一点徐景炎可以确定，这两起死亡案件是医疗事故的可能性越来越低了。

徐景炎从同源内部拿到病历之后，立即与魏雨晴从同源拿到的病历进行了比对。两者相差不多，重要的地方，比如治疗的方式、用药、时间等，都是相同的。这至少表明同源并没想掩盖什么，也就是他们心里不虚。哪怕最后发现病源确实是在同源，也不是同源有意为之。这样，无论什么结果，同源都不至于太被动。

除了这一点，徐景炎又核查了其他用药和医疗器械是否携带朊病毒。他很快就查清了，没有。因为在罗辛事件出现之后，整个同源上上下下就开展了自查。结论是同源内外没有查到任何东西或任何地方有朊病毒存在。

经过三天的仔细调查，徐景炎得出了一个结论：万祺霖和罗辛只可能通过生活途径感染朊病毒，而不可能在同源感染。


曾经的世界上，最公平的就是出生和死亡。基因划定了生命的时间和上限，无论天赋高低、富有穷苦，还是善良丑恶，都只能遵从安排。但基因技术的出现，已经让这种公平开始倾斜了。富有的人会比普通人有更多的时间和智力，身体也会不断地强化。富者更富，穷者更穷，智者更智，愚者更愚。站在罗辛家巨大的别墅前时，魏雨晴终于明白为什么那么多人反对基因改造了，也知道为什么富人想要更改基因续命了。如果自己在这个世界拥有这么多的东西，怎么都过不够，恐怕也会舍不得死。

想到自己年迈的父亲，一身伤病却毫不在意，总说什么"一把骨头死就死了，看也就那样"。可能是过得太苦了，也可能是见得太多了，他过够了，就不惜命了。现在她突然理解了父亲挂在嘴边的那句话——穷人怕活，富人怕死。

魏雨晴敲开了门，全程都是管家接待的她，罗辛的父母一直没有出现。管家说他们都很忙，魏雨晴也不知道是真的假的，好在这不影响她的调查。因为罗辛生前的所有生活都是管家、保姆和私人医生来打理的。罗辛的父亲忙于自己的商业帝国，家都不怎么回。他对罗辛的关心，都是通过一样东西——钱，来体现的。罗辛的母亲虽然陪伴孩子的时间比较长，但家务事自有管家安排周全，这些烦琐之事一概不问，只管美丽大方。魏雨晴要了解的东西，罗辛的父母确实什么都提供不了。

　　富人家的父母都是这样当的吗？她曾经是孤儿，知道这个年龄段的孩子最想要的是什么。

　　很明显，这三个人都收到了全力配合的指令。魏雨晴从管家那里知道了罗辛的生活节奏和状况，从保姆那里知道了罗辛的饮食配置和规律，从私人医生那里知道了罗辛的身体状况和药物使用情况，甚至比魏雨晴想的都周全。而且，这些都形成了纸质文件，交到了魏雨晴手里。然后管家给了她一个电话号码，告诉她如果还有什么想要了解的，可以直接打电话给他。

　　这大概是自己做过最成功的一次走访了，魏雨晴站在别墅门口想。身后的大门缓缓关上，魏雨晴长出了一口气。里面的气氛实在太凝重，这三个人都像木偶一样，不带感情地完成自己的任务。

　　她回到警局，先把资料复印了一份，然后分派任务。其中，私人医生给的关于罗辛服药、治疗等方面的资料，她复印了两份，一份给了队里的法医，一份给了徐景炎，希望能对他的调查有点儿帮助。当然，在这之前，她也联系到了爱仕的周律师，周律师给了她万祺霖的详细资料。魏雨晴也如法炮制了一份，给了徐景炎。

接着，她开始马不停蹄地研究万祺霖和罗辛两人之间的共性。但她很快就发现，根本找不到。两人年龄相差太多，而且罗辛病重，常年居家不出，不可能跟万祺霖有交集。如果是通过食物感染，那罗辛家里的其他人都正常，又该怎么解释？那位私人医生提供的资料里面已经明确说明，罗辛死后，罗家的每个人都做了朊病毒检测，全部正常。

接着，魏雨晴对两人的关系网进行了一番查重，这是个烦琐而枯燥的过程，花掉了她三天的时间。三天后，魏雨晴得出了结论：

万祺霖和罗辛不可能在生活中感染朊病毒。

感染源只可能在同源。

徐景炎和魏雨晴在听到对方的结论后，都吃了一惊，同时感觉事件越发怪异。为了防止遗漏，两人从前到后梳理了自己的调查方式，让对方帮忙搜索其中的疏漏，但也没发现问题。看来不是思路的问题，应该是实操的过程中漏掉了细节。于是两人又开始重新调查，把同样的程序更详细地走一遍。

五天过去了，两人没有新的发现。

十天过去了，还是没有新的发现。

## 6.

在调查两起死亡事件的时候，徐景炎也在寻找瑶瑶的治疗信息。他利用自己的便利，悄悄从库里面调出了瑶瑶的所有资料，都很常规，只有一点不太正常——资料有些简单了。

"他们有没有可能把东西放在其他地方了？"魏雨晴说。

"有可能。这可麻烦了。同源这么大，去哪儿找啊？"徐景炎直挠头。

"我倒是有个办法，但这事只能你去做。"

魏雨晴的办法非常简单——给瑶瑶安装窃听器。这也很容易理解，整件事的核心在瑶瑶，跟住她，一定能抓到蛛丝马迹。但这事触碰了徐景炎的底线。在来同源之前，徐景炎还是一个遵纪守法的好公民。查案这件事已经是赶鸭子上架了，现在又要窃听，一想到沈音和钟献对自己的信任，这件事他做不出来。而想到瑶瑶可能的境遇，这事不做也得做，但他只同意把窃听器装在病房。

"这是被允许的吗？"徐景炎看着魏雨晴递过来的窃听器问。

"拿着吧，合法的，我已经向上级报备了。"看着徐景炎，魏雨晴说，"遇到重大事件，警方是可以这样做的。上面已经意识到了，同源这事不管最终是什么样，都小不了。"

徐景炎接过窃听器，它只有一枚硬币大小的样子。"怎么做？"

"带磁的，找个隐蔽的地方贴上去，其他就不需要做什么了。得是铁啊，你别往铝上贴。"

"我又不傻。"

借着一次探视的时候，徐景炎把窃听器放在了瑶瑶的床角。别说发现，就是特意找，都得摸半天。徐景炎把它放在那里后就没再管。他没有想到，窃听器很快就帮他们找到了突破口。

窃听器所在的地方是瑶瑶的病房，准确来说并没有那么私密，信息的含金量非常有限。在治疗过程中，钟献和毛月月有大量的对话，基本都是对病情的讨论。但徐景炎和魏雨晴还是从他们的对话中找到一个关键点——瑶瑶对腺病毒有免疫反应。

作为半个医疗工作者，徐景炎非常懂这句话的含义。如果成熟的治疗方式无法在瑶瑶身上实施，那钟献是怎么给瑶瑶治疗的呢？困惑间，他猛然想起了同源在非洲的研究所，想起了他们发现的那种新病毒。一定是了，钟献在用新病毒做载体，导入瑶瑶的身体。去过非洲的徐景炎很清楚，那项研究远远没有到临床阶段。这些东西进入人体后会是一个什么结果，谁都不知道，哪怕钟献自己也无法预测。

"钟献在瑶瑶身上做的治疗不合法。"徐景炎呆呆地说。

"那我们得抓紧时间了。"魏雨晴说，"但是，只有录音远远不够，我们需要更多的证据。这么大的事，他们一定有病历档案。"

"系统库里面翻遍了，没有。"徐景炎说。

"当然不可能有，这种事情怎么可能摆在明面上？肯定是单独存起来了。你快想想，有没有值得怀疑的地方？"

徐景炎努力把思绪从混乱中摘出来。他一帧一帧地开始扒拉自己对同源的记忆："钟献教授在同源有自己的办公室，不过我没进去过，也几乎没见其他人进去过。如果有什么机密的资料，极有可能是在那儿，他的个人电脑里。只是……"

"只是什么？"

"没办法求证，就算我能找时间溜进去，也不知道密码。强行去查，如果没找到东西，那我们就不会再有第二次机会了。"

"这个我有办法。"

魏雨晴的办法很简单，查监控。瑶瑶的治疗是钟献和毛月月做的，所有的数据资料肯定要过他们的手。这么重大的事，肯定越少人知道越好，那存档这个过程，肯定也是他们自己来做。接下来就是查监控，然后按照时间对比。同源的监控视频会保存六个月，魏雨晴以调查死亡案件的名义，可以轻松拿到这段时期内的所有监控视频。数据量太大，魏雨晴支走了监控室的工作人员，两人就地查看起来。

瑶瑶住进来也就三四个月，他们先对比了三个月前和三个月后钟献办公室的进出记录。这一对比，还真发现了问题。瑶瑶刚住进来的时候，钟献进出办公室的频率几乎没什么变化，

126

也不见毛月月怎么进去。但是两个月前，也就是徐景炎被炸伤还在昏迷、钟献从非洲回来之后，办公室大门的开关次数陡然增加，而毛月月在进出之时还会偷瞄四周，明显带着戒备。另外，每次给瑶瑶治疗之后，毛月月都要进一次钟献的办公室，而不在瑶瑶的治疗时间，毛月月就进得非常少。

"基本可以确定，资料就在这儿。"两人在同源的监控室蹲了两天之后，魏雨晴得出结论。"我马上回去走调查手续。你暂时不要行动，免得引起他们的怀疑，那我们就真的被动了。"

魏雨晴行动起来那叫一个迅速。徐景炎还没应声，魏雨晴就离开了。监控室现在只有徐景炎一个人了。他又待了一个小时，才背起包，缓缓走出监控室。

徐景炎现在是真的混乱了。

一直以来，他都认为事情的真相只有一个，要么就是同源真的在救瑶瑶，要么就是同源借治病的由头做非法实验。但这些记录可以证明，钟献是真的在救瑶瑶，但用的不是法律允许范围内的办法。这下好了，本来黑白分明，现在却成了中性灰。他走到同源的大门口，来回踱着步。本想离开，但一个念头转上来，他又折了回去。

他来到沈音的办公室，敲开了门。

"有事？"沈音看徐景炎一副郁郁寡欢的样子。

徐景炎没有说话，而是从包里面拿出一沓纸，递给了沈音。

沈音疑惑地接过纸，翻了起来。每翻一页，他就变换一种表情。匆匆翻完，沈音久久没有说话。他从桌子的抽屉里面掏出烟，点上一支，靠在椅子上，闭着眼狠狠吸了一口。良久，才缓缓吐出一口烟来。徐景炎觉得，这一口怕是大脑就缺氧了。

"这是警方给我的。"徐景炎说。里面包含了钟献的"前科"，还有钟献非法用药的证据。

沈音揉了揉眼睛，仍然没有睁开眼。这段时间同源遭遇的一连串事件，估计已经快把他累死了。他长出了一口气。沈音的情绪非常复杂。对徐景炎，他有用瑶瑶试药的亏欠，虽然不是他做的，但他作为公司的领头人，有不可推卸的责任；也有厌烦，毕竟事情因他而起。而对同源现在的状况，他有一种糟糕的失控感。对钟献，则有抱怨，也有惋惜。从小顺风顺水的他，第一次感到混乱。他刚要说话，却听到门外传来一阵骚动。

魏雨晴领着一支警队返回来了。

魏雨晴确定线索之后，就开始申请搜查令。事关重大，一路绿灯，搜查令下来得十分顺利。拿到搜查令，她带着一支小队，立即回到同源。姜愉听到风声立即出来应对，但魏雨晴回应她的是一张冷冰冰的搜查令。姜愉没有任何办法，只能眼睁睁地看着他们闯入钟献的办公室。当钟献得知自己被怀疑非法行医，且要封存电脑的时候，什么表情都没有。他不紧不慢地喝了一口水，扶了扶眼镜，站起身说：

"我跟你们走。"

虽然没有给钟献戴上手铐，但是众目睽睽之下，警方从同源带走科研教授，在目前已经风雨飘摇的情况下，对同源的打击是毁灭性的。

一阵急切的敲门声传来，沈音喊了声"进"。姜愉急匆匆走进来，看到办公室有人，脚步又放缓了下来，尽力遮掩慌张的表情："钟教授被警察带走了。"

沈音保持刚才的姿势，没有太大反应："没事没事。你去忙你的吧，这件事我会处理。"

姜愉皱着眉头看了徐景炎一眼，虽不情愿，但还是闪了出去。

徐景炎现在的心情极其复杂。他有对同源肯接收瑶瑶的感激，也有对同源在瑶瑶身上使用未知药物的怨恨。既有对钟献职业能力的敬佩，也有对钟献没有职业操守的恼怒。他想质问同源，却发现这一切都因自己而起。他想对同源说声抱歉，却不知道自己哪里有错。

"瑶瑶的病情稳定住了，钟教授的治疗方法起作用了。"沈音说。

"真对不起，给你添了这么多麻烦。"

"跟你没关系，每个决定都是我自己做的。"

"沈音，我有个问题。"徐景炎说。

"说。"

"钟献真的做过非法的人体实验吗？"

"做过，"沈音掐灭烟头，"也没做过。"沈音从椅子上站起身来，拍了拍徐景炎的肩膀，说："走，去楼顶，我想换换气。"

徐景炎跟着沈音坐电梯来到顶楼，然后又爬了一两节楼梯，来到了一扇密码门前。沈音输入密码打开门："来，随便坐。"

沈音从来没来过大楼的楼顶，这才发现楼顶被设计成了一个小院的样子，围墙差不多有 1.3 米的样子，趴在上面可以直接看到地面上的车和人。绿植很多，几把带棚的木椅随意地放着，大理石茶几的摆置也不那么讲究。惬意、慵懒、随性，徐景炎想到这么几个词，当然还有"有钱"。

两人在椅子上坐下，沈音说："我跟你说说钟教授的事吧。"

*7.*

2018 年，非洲埃博拉疫情再次爆发。年轻气盛的钟献毅然前往，想亲眼见识一下埃博拉病毒到底是怎么一回事。

在这里，钟献遇到一群真正的医学专家。他们有着世界顶级的科学素养，有强烈的求知欲望，也有拯救生命的悲悯之心。他们自愿来到这里，有着同一个目的——战胜埃博拉，拯救更多的人。钟献到这里的第一天，就知道自己来对了。没有千篇一律的实验，也没有无休无止的论文，更没有复杂的人际关系。每天只想一件事——怎么活下去。这才是他选择来这里的初衷。

但他还是低估了埃博拉的凶险。他亲眼看到，感染者不停呕出黑色的血液，直至死亡。他亲眼见到，感染者居所的墙壁上，满是他们临死挣扎时喷溅的血液。他亲眼看到，感染者大便时拉出黑色的血块。他亲眼见到，一个活蹦乱跳的小姑娘，仅仅三天就变成一具惨不忍睹的尸体。他亲自解剖过一具感染者的尸体，不成形的内脏泡在脓血里的场景，一连几天敲打着他的神经。

这道由埃博拉项目研究组和大学研究所的基因组科学家、热带医药学科研人员、流行病学家、世卫组织、生物医药公司，以及无数的护士组成的防线，没过多久，就在埃博拉的屡次攻击下变得千疮百孔。除了平民，也不断有医疗人员感染，而密集的死亡挑战着活人的精神底线。

首先崩溃的是工作在一线的护士。因为要照看患者，所以他们极易被传染。大批护士感染死亡后，还活着的选择了逃离。当地政府从其他地方抽调人员，并采取强制措施之后，才勉强维持住队伍。

因为专业的问题，钟献并不在第一线直接接触患者，而是在研究室寻找应对方法，并研制药物。和他搭档的是才华横溢的亨斯利。亨斯利比钟献大 25 岁，他只对三级以上的病毒感兴趣，比如三级的 SARS 和 MERS、四级的埃博拉和拉沙。他的终极梦想就是研究出一种药物，克制这些危险分子，永远改变它们与人类的关系。这是他追寻梦想的第二十个年头。

经过数年的筛选实验，亨斯利找到了一种叫 ZMMPP 的化合物。只是，这种化合物虽然在豚鼠身上取得了一定的效果，但还没有在人身上试验过。鉴于情况岌岌可危，两人马不停蹄地准备着小鼠实验。也就是在这个过程中，不幸发生了——亨斯利感染了。

没有人知道亨斯利是怎么感染的，但这已经不重要了。没有任何耽误，对亨斯利的治疗立即原地展开。埃博拉的致死率极高，可以达到 90%，但毕竟还没到 100%，每个人都期望亨斯利是另外的 10%，可以侥幸躲过这一劫。但这种幸运并没有降临，病毒在亨斯利体内发展极快，只几天的工夫，亨斯利就不行了。

在这最后时刻，钟献和亨斯利都想到了 ZMMPP。但现在的情况，两个人都非常清楚。

"你敢吗？"亨斯利问。

"敢不敢都要试试！"钟献无法眼睁睁看着亨斯利死，"我们中国有一句古话，叫死马当活马医。"

"你想过后果吗？"

"顾不了这么多了。"

钟献用 ZMMPP 制成药剂，用在了亨斯利身上。钟献期待的奇迹并没有发生，用药六个小时后，亨斯利的心脏就停止了跳动。钟献对这个结果有一定的预料，如果埃博拉这么容易被治愈，也就不会死那么多人了。但残酷的现实还是让他痛苦难当。尘埃落定之后，他浑身无力地瘫坐在地上，抱头痛哭。

本来在这种非常时期，一个人死去实在太正常了。但亨斯利的特殊身份，让整件事开始变得复杂起来。亨斯利是研制埃博拉特效药的先锋官，无论是在国际上，还是在当地，都享有极高的声誉。他的死亡引起了所有人的高度重视。于是，有人做了尸检。结果显示，他并非死于埃博拉，而是死于ZMMPP 引起的剧烈的排斥反应。没有任何人知道，这个时候钟献在想些什么。

这个结论把钟献推到了旋涡的中心。各方意见也极其不统一，但最后钟献还是被认为应该免于处罚。

虽然他使用了一种没有经过批准的药，并致人死亡，但鉴于当时的特殊情况，这一切都是可以接受的，可以认为没有违反医学伦理的原则。

尽管如此，这件事还是成了钟献的一个争议点。这个心结也缠绕了他一生。

然后，类似的事又出现在了瑶瑶身上。懂事但运气不好的孩子总会让人心疼，瑶瑶就是这样的一个孩子。又因为病情太特别，瑶瑶一进来就引起了钟献的关注。钟献为救瑶瑶用尽了办法，也只是将将控制住病情。而且这里还有一个难题——时间。瑶瑶的病情已经十分严重，她无法等钟献太久。去非洲不久后，他们就遇到了雇佣兵袭击事件。在徐景炎昏迷的时候，钟献接到了同源的跨洋电话，说瑶瑶病危。他匆匆赶回来，不得不把昏迷的徐景炎撂在非洲。

这个时候，钟献必须做出决定，是看着瑶瑶死，还是顶着巨大的失败阴影再试一次。最终他选择了后者，用手中还不成熟的药物给瑶瑶治病。做出这个决定很需要勇气，这个决定引起的问题，与亨斯利死亡事件是一样的。如果瑶瑶因为怪病死了，那是因为现在的医疗技术水平达不到，与他一点儿关系都没有。但他这样做了，无论瑶瑶最终是生是死，对他都是不利的。如果瑶瑶活下来，他的做法属于非法用药。而如果瑶瑶死了，哪怕是死于疾病本身，最后也会归因于他滥用药物。

沈音正要往下说，电话突然响了。他接起了电话："说吧……没事，钱不重要……一会儿我跟财务说下……法务部是干吗吃的……不是努力，是必须，听懂没有……重复一遍。"

挂掉电话，沈音长出了一口气。

"为什么钟教授没有告诉我？"徐景炎听完钟献的往事，五味杂陈，有说不出的苦闷，但早已经没有了怨恨或责难。他知道自己没资格。被这种巨大的心理阴影笼罩着，不知道钟献付出了多大的勇气，才说服自己再做一次。

"因为他是过来人，他知道，做决定的那个人要承担一切，不只是希望，还有责任和痛苦。再说了，当时想问你也问不了。"

"为什么？"

"你当时还人事不省着呢！"吹着楼顶清凉的风，沈音咧着嘴开了一句不大不小的玩笑。

"接下来你打算怎么做？"徐景炎问。

"出了这一系列的事，估计以后同源在基因治疗领域，也就退出第一梯队了。"沈音站起来走到围墙处，胳膊搭在墙上，伸头看着下面的匆匆行人，"我小的时候总是认为，这世界上没什么难的事，现在才发现，是没什么简单的事。我就是典型的没经受过社会毒打的那种，现在终于挨上了。接下来先把钟教授弄出来，然后再慢慢想办法。"

这时，沈音的电话又响了。他接起电话，只说了几句就挂断了。

"现在瑶瑶还没有醒，至于药会不会起作用、会起什么作用，现在都还是未知数。你可以选择让瑶瑶在同源继续治疗观察，也可以选择把她转到其他医院。我已经打好招呼了，你可以随时来接她。"沈音一边说，一边穿衣服，"同源有事，我先下去了。你可以在这上面待到不想待了再下去，走的时候关好门就行。"

没等徐景炎说什么，沈音就踢踢踏踏下了楼。

徐景炎也走到围墙边，任由目光散落在楼下。他有些恍然。家人、女儿、朋友、老师……转瞬之间，就剩下他孤零零的一个人。他不知道自己哪里错了，也不知道为什么会变成现在这样。自己从没想过大富大贵，从没想过出人头地，仅仅是想平平静静地过日子，为什么如此艰难？他更不知道其他人错在哪里。细想起来，瑶瑶、沈音、钟献都更像是受害者。瑶瑶一生下来，就受到了诅咒；绝望之中，是沈音给了他们希望；钟献不惜赌上自己的前途命运，也要试用新药。然后就出现了后来一幕幕戏剧性而残酷的场景。

仅仅几个碱基对的错误，就改变了几个人的命运。

原来，就算没有坏人，生活也可以变得很糟很糟。


徐景炎和魏雨晴在咖啡馆里面对面坐着。

"瑶瑶怎么样？"魏雨晴问。

"还没有醒。"

"法律不会放过钟献的。"

"你真的认为钟献有罪？"徐景炎歪着头问。

"当然。"魏雨晴十分坚定，更诧异为什么徐景炎会问这种问题，"他在病人身上使用未经过审批的药物，现在患者还在昏迷，当然要承担责任。"

徐景炎摇摇头："瑶瑶现在生死不明，跟钟教授并无关系。他是在全力救瑶瑶，只是用了一种没有被法律接受的方式。"

"法律首先看的是行为。"

"懂。"徐景炎点点头，"这个或许我比你懂。瑶瑶生病之后，我带她四处看病，但她这个病太怪了，没人敢收治。哪怕收了，也会很快推出来。绕来绕去，最终只有同源收治了瑶瑶。"

"他们很可能是以治病的名义做研究。"

"可能？"徐景炎把字咬得很重。

"对。"

"哦，刚才你还说法律首先看的是行为。"徐景炎说，"行为上，他们确实在努力救瑶瑶的命，哪怕自己冒风险，哪怕其实没必要这样做。你想没想过，如果这样的行为有罪，那难病还有谁愿意去治？那些得了怪病的人，就只能等死吗？"

"那你有没有想过，如果这样的行为被允许，又有多少人会在治病的名义下成为试验品？"

"那是我们自己的问题，是我们的制度、我们的法治不够完善，不能去分辨，不能保护弱者。"

常年背负着巨大压力，已经让徐景炎变得温和而沉闷，但这几句话，他说得笃定而坚决。"我不会让你把钟教授抓进去的，无论瑶瑶最终是否能醒过来。"徐景炎从衣服里掏出了几张纸，递给了魏雨晴，"抱歉，我不会提起诉讼。而且，如果你一定要起诉他，我会为他辩护到底。"

他站起来向魏雨晴鞠了一躬："我不是个合格的合伙人，不但没有帮到你，还阻碍了你的调查。你为瑶瑶和露露做了那么多，我不知道如何能偿还这个人情。希望以后我有机会可以还。"说这几句话的时候，徐景炎一直欠着身子，就像做错事的孩子。

魏雨晴打开了那几张纸，是一份手术知情同意书。签约方是徐景炎，另一方是同源。徐景炎把一切责任都揽到了自己的身上，魏雨晴从前到后翻了两翻就知道，有这份协议在，很难追究钟献的责任。而缺乏徐景炎——瑶瑶的监护人——的配合，就更是难上加难了。再想想同源强大的财力和庞大的律师团，这一场怕是要白忙活了。

魏雨晴又看了两眼同意书，虽然上面的时间写的是瑶瑶手术之前，但她百分之百确定，这是徐景炎在瑶瑶手术之后补的。只是就算知道了这个，似乎也没什么用。这是徐景炎自己的选择，而这个选择的出发点，魏雨晴想不明白。

"你什么时候决定帮他们的？"魏雨晴晃了晃同意书。

"大概是看到瑶瑶一动不动躺在病床上的时候吧。"徐景炎仰望天空，回想起他去病房看瑶瑶的时候，除了体征检测仪器屏幕上的跳动，整个画面好像静止了一样。

"已经是天灾了，就让它止于天灾吧。没必要再添人祸了。"

徐景炎离开了，魏雨晴还坐在长椅上，看着眼前的天与云、花与树，第一次感觉对与错的界限是那么模糊，哪怕对于严格的法律而言，要分辨起来都太难了。

徐景炎从没想过，事情会解决得这么快。

沈音在得到徐景炎承诺的第一天就定好了策略。

第五天，钟献被无罪释放了。也是这天，沈音开了一场隆重的新闻发布会，给自己塑造了一个不畏世俗、不考虑公司命运、不计较治疗成本地挽救患者生命的形象。同时，在两起医疗事故方面，同源强化了自己受害者的位置，赢得了大部分人的掌声和小部分人的嘘声。但这都不重要，重要的是，这件本可以置同源于死地的事，居然成了同源的续命仙丹。

帮同源渡过难关，让徐景炎的心里稍稍好过了一些。可每当这个时候，他就会想起一直在帮他的魏雨晴，就会感到一些亏欠。

瑶瑶醒了。上次钟献输了，这次他赢了。新药缓解了症状，稳住了病情，但她还需要系统的治疗，不过现在已经找到了方法，剩下的就是沿着生路，慢慢地一直走下去。

在一个僻静的公园里，徐景炎独自一人坐在台阶上。他把随身的包打开，掏出谷粒洒在身边，一群麻雀立马叽叽喳喳地把他围了起来。这几天，徐景炎每天都来这里，它们早就不怕他了。有几只胆子大的，甚至会在他的身上跳来跳去，直接把脑袋伸到他的背包里。

这几年来，徐景炎第一次有了对未来的期盼。

活着真好！

# 第三部分

# 文明是基因的副产物

# 1.

　　瑶瑶去了同源，露露去了学校，而沈音给徐景炎放了长假，他终于可以停下来喘口气了。不再担心钱，不再担心瑶瑶，全身心都放松了，在非洲受的伤也在以肉眼可见的速度恢复着。终于可以像普通人一样生活了。有份工作，没有那么忙，待遇也不算少，没有加班，还有两个可爱的女儿，朝九晚五，规律而平静，他已经知足了。经过这几年的折磨，他早就不再想什么大富大贵，无病无灾就已经是天恩浩荡了。

　　他靠在床头，整个身体懒洋洋的，胡思乱想着，忽然电话响了。

　　"你现在在哪儿？"沈音说。

　　"家里。"

　　"来趟公司，有事。"

　　"什么事？"

　　"你到了再说。"

一个电话，把刚刚还优哉游哉的徐景炎搅得七上八下。他现在是真的听不得这种话，尤其是生活好不容易才平静下来。徐景炎一边准备，心里一边盘算，从刚才沈音的语气来看，事情不小，但他似乎并没有多着急，甚至还隐隐有点儿兴奋。一件对他有利的大事？徐景炎打上车，一路上各种编排剧情，猜来猜去也不知道是什么。

但是等他走进会议室，见到坐着的几个人时，就意识到这事绝对简单不了。

沈音、姜愉、钟献三人并排坐在长桌的左手边，右边也坐着两个人，一男一女。男人身材高大，年岁在五十开外，穿着警服，双眼如炬，一看就是个狠角色。女人年纪在三十岁左右，着装从气质上看也应该是警察。再定睛一看，那个女人竟然是魏雨晴。魏雨晴高调抓走钟献之后，与同源的关系就很僵了，现在居然坐在一起，肯定有事。

"人齐了，我们开始吧。"中年男警察看了一眼匆匆赶来的徐景炎，微笑着说。

徐景炎欠了欠身，立即在钟献旁边坐下来，歪头小声问："钟教授，这谁啊？"

"周局长。"

"他来干吗？"

"他马上就要说了。"

"这项工作对专业要求极高，只靠我们很难开展。"男警察开门见山。

"我们肯定会全力配合，往大了说是社会责任，往小了说，这关系到同源的声誉。"姜愉官腔十足，但态度十分坚决。

徐景炎来晚了，不知道之前说了什么，他用眼神询问钟献。

还没等钟献有什么举动，对面的魏雨晴递过来一份资料，徐景炎快速接了过来。翻开封面，只看到第一页的几个字，徐景炎就睁大了眼睛：第三起新型朊病毒感染死亡事件。徐景炎不禁打了一个哆嗦。往后看，因子公司，徐景炎知道这也是一家以基因治疗为主的医疗公司。后面有一些详细资料：周雾枝，女，五十五岁，在因子公司接受基因治疗后，感染不知名朊病毒，死亡。

又一例！这是第三例！

问题严重了。基本可以确定，这次朊病毒感染致死事件，也许是天灾，也许是人祸，但绝不是偶然。徐景炎也明白了为什么魏雨晴会出现在这里，以及沈音为什么反常。新的病例并非来自同源，那同源的可疑性就大大降低了。这场战争，沈音不战而胜了一半。对于魏雨晴来说同样如此，前两次死亡都发生在同源，所以她主要就是查同源。现在有了第三例，而且与同源无关，那么调查方向就要转向病毒本身。同源从嫌疑人立即变成了受害人，那就索性坦诚一点儿，直接对话。

"景炎，魏警官的资料你都看过了吧？她要全面调查这几起死亡事件，需要咱们这边配合。"沈音说，"之前这块儿的调查就是你来负责的，我们觉得你是最合适的人选。"

"这也是魏警官的意思。"还没等徐景炎回话，姜愉补充道。

徐景炎没想到会是这样的结果。主要是之前他和魏雨晴合作过一次，说实话，他觉得自己办得不怎么样。他同时得到了同源和魏雨晴的信任，又同时失去了这种信任。他怀疑自己是否还有资格继续参与调查。

"我听小魏说，她之前调查的时候，就得到了你的协助。现在又出现了第三例，说说你的看法吧。"周局长说。

徐景炎一阵尴尬。他是瞒着同源配合魏雨晴调查的，最后还差点儿把钟献送进去。虽然这已经不是什么秘密，但是直接拉出来说，还是第一次。他偷眼看了看同源的三人，沈音端茶喝水不看他，姜愉低头清嗓子，钟献笑而不语。

徐景炎收了收思绪，把精力集中到眼前，回想着之前和魏雨晴已经调查了一半的案件。

"我觉得最有效的方式，是从前往后查。"徐景炎说，"我们之前调查的重心，是这种新的朊病毒从哪里来，也就是从现在往前查。这条路上能想到的差不多都做了，从结果来看，效果比较差。那就换个方式，从前往后，查朊病毒本身，看看它到底是什么、有什么特点，也许能找到线索。"

"一种病毒的研究……时间上来得及吗？据我所知，需要的时间不会短。"周局长说。

"不，怪我没说清。不是单独的病毒研究，而是与案件调查结合起来。一旦发现线索，就按照常规的调查方案，继续追查。另外，"徐景炎语气一沉，"这样就算短期内无法查到病毒根源，也有其他用处。就目前来说，与查出三人的死因、确认责任相比，控制未知病毒传染、减少死亡更重要。但如果我们不知道这种病毒的传播途径、感染剂量等因素，就根本谈不上防御。"

"可病毒研究，之前你们也一直在进行啊。"魏雨晴说。

"不够专。这种病毒太怪，一般的研究员根本不知道如何下手，我们需要真正的专家，一个研究朊病毒的专家，最好是普鲁西纳、盖杜谢克这种级别。"

"这两个人都获得了诺贝尔奖，都是研究朊病毒的。"见周围人一阵茫然，钟献解释道。然后他转过头来："你这要求是不是有点儿高？"

徐景炎尴尬一笑："那至少得是位研究朊病毒的专家才行。"

"这样的人我倒是认识一个。"钟献微微点点头，"一会儿我给你一张名片，她是朊病毒的专家。有她帮忙，事情会好办得多。"

"我觉得很好，是个思路。"周局长说，"连续三例未知病毒致死案例，已经是一起严重事件了。官方也已经开始调查，现在还没有公开，主要是因为情况不明，此时公布消息，除了增加恐慌，没有任何作用。这个案件太怪，大家都没什么好的思路，他们按照他们的方式调查，我们按照我们的方式调查。"

"调查之前，咱们给这种未知的朊病毒起个名字吧。"钟献说。

"就叫'V病毒'吧，病毒的英文 virus 的首字母。"徐景炎很早就开始这么叫了。

"就这么定了。"沈音说。

谈好合作，人群各自散去，最后就剩下钟献、魏雨晴和徐景炎。

钟教授从手机里翻出一张照片给两人看："就是这个人，肖菲。国内再没有比她研究朊病毒更深的了。她博士毕业后就进了研究院，一直待到现在，研究朊病毒将近三十年了。"

徐景炎在屏幕上看到的是一位中年女性，虽然是张生活照，但仍然能看出科研工作者具有的那种严谨和执着。纯色衣服，戴一副黑色宽边眼镜，顺直短发根根清晰。

"她会愿意帮忙吗？"徐景炎问。

"她会的。"钟献说，"以我对她的了解，她不可能抵抗得住一种新型朊病毒的诱惑。"

徐景炎点点头。

"那就祝你们顺利。"钟献说着，站起身就要离开。

"钟教授，你不和我们一起？"徐景炎愕然。在他看来，目前没有哪件事比眼前这件事更严重了。

"这不是我的专业，而且我有一项更要紧的项目在研究，抽不开身。"

更要紧？会是什么事？但见钟献没有再说下去的意思，徐景炎也不好再问。

钟献也走了，现在只剩下徐景炎和魏雨晴两个人，气氛多少有点儿尴尬。两人上次见面还是在咖啡馆的分道扬镳。

"没想到你会继续选择我做搭档。"

"反正我也不认识其他什么人，而且，"魏雨晴爽快地说，

"你还欠我一个人情。"

两人正说着，姜愉走了过来。姜愉看都没看魏雨晴一眼，径直对徐景炎说："沈音让我告诉你，露露和瑶瑶他会安排人照顾，叫你不用挂念，安心做事就好。"说完招呼也没打一声，迈着小方步走了。

看着她离开的背影，魏雨晴感觉有点儿好笑："她喜欢你？"

"你觉得可能吗？"

"我说呢，这么漂亮的姑娘，跟你也不般配。"魏雨晴细细打量那道倩影，"那我哪里惹到她了？还给我使脸色。"

"她是同源的人，你调查同源，还差点儿把钟献送进去。你说她为什么这样？"

"哈哈哈哈，"魏雨晴大笑道，"这也一直念着，是不是太矫情了点儿？你们同源都这样吗？格局不行啊。"

"你比我想象的要冷静多了。"徐景炎惊诧地看着魏雨晴。

"我心里只装重要的事。"魏雨晴挑眉道。

## 2.

　　科学研究一直是项烧钱的活动，尽管每个人都知道科学技术的重要性，尽管各国政府每年的科研预算都高得吓人，但依然无法保证每个项目都有研究经费。如果是一些有市场效益的研究还好一点儿，它们会得到投资，投资人也期待这种投入后期能够在市场上得到反哺，比如钟献和同源这种。但一些偏门的项目，则因为市场太有限，只能留给官方研究。阮病毒的研究就是如此。

　　不知道今天是什么日子，好像全市的人都出门了似的，四公里的路程，车子足足开了一个多小时。徐景炎彻底没了脾气，魏雨晴则正相反，明显暴躁了很多。在一个转弯路口，两人实在受不了，立即下了出租车。从闹市到校园，车流和人群瞬间变得稀薄起来，静谧代替了嘈杂，行人的脚步也缓慢了下来。仅仅一墙之隔，宛如两个世界。徐景炎想起了自己的校园生活，从那以后，再也没那么自由、那么美好。

"中国医学科学院病毒基因工程国家重点实验室副主任肖菲。"徐景炎缓缓念出一长串身份信息，长出了一口气。两人一路打听、一路寻找，终于来到了肖菲的办公室。肖菲已经在此等候多时了。

徐景炎看了看时间，距离约定的三点半还差三分钟，还好没晚。来之前，钟献就提醒他们要注意两点：一定要预约，一定要准时。

"来了？坐。"肖菲说。

"好。"徐景炎和魏雨晴并排坐在长椅上，面前的茶几上已经倒好了两杯水。徐景炎用手背试了一下，温度正好，估计这热水也是肖菲掐好时间准备的。科学工作者的严谨真的很吓人。

来之前，肖菲和徐景炎就在电话里简单讨论过几句，三天前徐景炎还传了一些资料过来，包括三名死者的病历、对新病毒的研究成果等。这一见面，客套的过程就都省了。

"昨天我才从国外回来，实在抱歉，景炎你给的资料我还没有仔细看，只是大致扫了一眼，一些情况还需要你介绍。"肖菲在两人对面坐下来。

"当然没问题，那我来介绍一下。"徐景炎喝了口水，"最近一段时间，准确来说是三个月以来，连续出现了三起未知朊病毒感染致死事件。死者年龄分别是四十七岁、七岁、五十五岁，年龄段非常分散，看不出什么规律。死亡时间上，第一例与第二例间隔两个多月，第二例与第三例间隔不到一个月。前两例都出现在同源，第三例出现在因子公司。虽然感染的是同一种朊病毒，但一直找不到感染源。"

"你们就这么确定，三人感染的是同一种病毒？"肖菲问。

"确定，但这也是奇怪的地方。一般来说，病毒在不同的个体身上多少都会有点儿差异。但是，"徐景炎皱着眉头，"这三例死亡，虽然是不同的时间、不同的地点和不同的人，三者的死亡过程却几乎一样。另外，尸检的几处共同点也表明三者死因相同。虽然我们还搞不清到底是什么原因，但结论应该没错。"

"找到这三例死亡的共同点了吗？"

徐景炎摇摇头。

"是还没找？还是找了但没有找到？"

"找了，没有找到。"

"怎么没有？"刚才徐景炎和肖菲一直聊专业上的事，魏雨晴根本插不上话，现在终于有个能回答的问题了，"有一个——这三人都做了基因治疗。"

徐景炎扭头看了看她，眼神有点儿复杂，又转过头对着肖菲说："如果这个也算的话。"

"所以你们来找我是想？"

"请您帮忙研究这种朊病毒。我们想知道它到底是什么，有什么性质，跟之前已经发现的病毒有什么差别。就算无法治疗感染者，无法知道它的致病机制，也要知道它的潜伏期、感染剂量和感染途径，从而能够控制住传播。"

"恕我直言，从咱们刚才聊的内容来看，以我们现在对这种朊病毒的了解，要控制太难了。"肖菲语气平静，说出的话却很要命，"现在我最担心的有两点，一个是潜伏期。一般来说，朊病毒的潜伏期都很长，如果我们假设 V 病毒也一样，那连续出现三例感染，代表着已经有很多人感染了。而且目前发现的三例发病时间间隔越来越短，从这个规律看，感染病例集中爆发的可能性很大。"

肖菲几句话，让徐景炎脖子直冒凉气。灾难，彻彻底底的大灾难。

"第二点呢？"魏雨晴问。

"传播方式。"肖菲望着窗外，"三个病例的差异性很大，应该很难通过对比细节确定传播方式。"

"确实查不出来。"魏雨晴开始吐槽，"我们对医疗器械、药物，甚至连食堂都查了，什么发现都没有。而且卫生部也在严查所有的食材，也没发现什么。"

"嗯，的确棘手。我可以帮你们。"肖菲点点头，"但这事得听我的。"

肖菲要的第一样东西，就是三具尸体。前两具存放在同源冷库的尸体冷藏柜里。第一具尸体最开始只是直接推进去的，确定是朊病毒感染后，拉出来套了一层裹尸袋。第二例死亡发生后，第一具尸体又被拉出来套了一层裹尸袋，然后就再也没人打开过。第二具尸体是直接套了两层裹尸袋，塞到了尸体冷藏柜的上面一层。自从两具尸体住进来，这个冷库就谁都不想来了。虽然朊病毒的传染力一直比较小，但一听是病毒，还未知，谁还管这么多，都躲得远远的。

去同源取尸体的路上，徐景炎一边开车一边说："真的，你没必要跟着我去。"

"怎么，怕我害怕？"魏雨晴完全没当回事，"当警察的，见的尸体多了。"

"不是怕不怕的事。"

"那是什么？上面让我负责这件事，我不去算怎么回事？"

见魏雨晴瞪着两只眼睛看着他，徐景炎扭过头："你别后悔就行。"

魏雨晴后大悔了。活了几十年，她从没想过穿衣服会这么麻烦。防护服、护目镜、一次性手套……这一大堆的东西摆在面前，让她无从下手。

"要不你自己去吧？"她说。

"晚了。"徐景炎头也不抬，"一会儿你跟着我做就行。我拿什么你就拿什么，我穿什么你就穿什么，我怎么穿你就怎么穿。"

魏雨晴学着徐景炎，一步一步跟着做，虽然手生，但还算灵巧。徐景炎一边自己穿，一边纠正魏雨晴。

"你说真有必要这么做吗？"魏雨晴洗手消毒，"朊病毒不那么容易传染，而且之前调查时没护得这么严实，要传染也早就传染了。"

"肖教授不是说了吗？不管之前如何，从这一刻开始，要按最高规格对待。"徐景炎戴上护目镜，"从医学历史上说，在面对每一个未知的时候，都应该狮子搏兔，否则很容易阴沟翻船。

154

跟病毒打交道更是如此，它们都至少活了几千万年了，活命的本事都小不了。"

这一套装备穿了足有 20 分钟，魏雨晴额头已经冒出细汗，感觉整个人都被缠起来了，有点儿喘不上来气，闷得难受。视野受限，不能自由活动，不能好好呼吸，有一种五感被剥夺的感觉，这种失控感让她有点儿焦虑。她喊了徐景炎一声，没有任何回应。她这才想到，防护服提供的不只是保护，还有隔绝。她抬头看了看徐景炎，也跟一个大粽子似的。

这是肖菲提的第二个要求：不管这种新的朊病毒到底怎么样，都要按照防护的最高规格来应对。第一，存放尸体的地方要戒严，禁止靠近。第二，无论谁来运送尸体，都要穿最高规格的防护服。第三，冷藏柜一起拉走，不要动尸体。

此时夜色正浓，这也是没办法的事。白天时间医院人来人往，两人这副装扮来运尸，肯定会被看到。本来这几例死亡就搞得人心惶惶，要是几张照片在网上一发，不出半个小时，全市的人就都知道了。无数经验证明，危机时期，恐慌比灾难本身更可怕。

夜晚、冷库、尸体冷藏柜，空气似乎都被凝固了，通道里只有两人的踢踏声在回荡。脚步声透过防护服传到耳朵里，也变成了闷闷的咚咚声。魏雨晴没有在这种情景下来过这种地方，感觉浑身不自在。反而是徐景炎要比魏雨晴好得多。几个月前在非洲，他看到有人被杀，自己也差点儿死在那里。如果运气再差一点儿，那他也会成为尸体。

死过一次，看什么东西都不一样了。

终于到了，门一开，一股白色的冷气倾泻而出，淹没了两人。好在有防护服，让这种寒冷只停留在了视觉上。这间冷库的防护规格很高，而且只放了这两具尸体。徐景炎晃了晃手，引起魏雨晴的注意，然后示意她一起推。冷藏柜下面带有滚轮，两人推着走即可。只是，两人似乎都想快点儿结束这趟差事，推动的速度不知不觉快了很多，滚轮的咕噜声在通道里来回震荡，像雷鸣一般。

终于上了车，两人长出了一口气。透过护目镜，两人对视了一眼。徐景炎歪了下头，魏雨晴点了下头，要赶下一场了。

取尸体需要得到医院配合和家属同意。医院这边，沈音已经下了全面配合的命令，家属那边，姜愉也已经搞定。因子公司那边，魏雨晴以官方身份进行了交涉，定的时间也是今天晚上。从同源取得两具尸体后，要直奔因子公司取第三具尸体。一辆车，一趟路，尽可能减少病毒扩散的可能性。

两人把车开到因子公司的冷库前，看到了三个像他们一样全副武装的工作人员。没有说话，只是寥寥几个手势，他们就动了起来。直到第三具尸体装进车里，五个人之间都没有说一句话。寥寥几个手势，徐景炎和魏雨晴又匆匆离去。他们要开往市外，肖菲指定的一个研究所，专研究病毒，防护级别为三级。

从护目镜看进去，魏雨晴疲惫不堪，徐景炎眉头紧缩。与两人形成鲜明对比的，是这一路看到的还毫无知觉的民众。他们在忙碌了一天之后，开始了悠闲的夜生活，散步、夜跑、撸串、兜风，决想不到刚刚经过的这辆车上，有三具死因怪异的尸体。

两人停下车，把冷藏柜推下来，推进电梯，进到地下，再把尸体放进实验室，最后按照步骤，走出实验室，脱掉防护服。一切做完之后，两人才长出了一口气。

等他们走进屋子里时，肖教授已经在等他们了。照例，桌子上摆着两杯热水。两人都有点儿脱水了，渴得要命，只一口，杯子就空了。

肖菲把他们的杯子续满："接下来的事情就交给我吧。"

"肖教授，您有把握吗？"徐景炎又灌了一口水，大半杯没有了。

"准确来说，我也不知道。你给的研究资料我详细看过了，比我想的要复杂很多，比已知的库鲁病、克—雅病也复杂得多。我也没有十足的把握。"

"如果您都无法弄清楚，那其他人就更指望不上了。"徐景炎低着头。

"一定有什么我们还能做的事！我们不能就这么等着。"魏雨晴终于插话了。刚才徐景炎和肖菲一直聊专业，她只能坐那儿一个劲喝水。

"要说也有。"肖菲歪着头慢慢说，"不过，不在我的实验室里。"

### 3.

肖菲让徐景炎做的下一件事：查一下全国以及世界是否有同样的病例，确定病毒传播的范围；如果有，找到他们的共同点，缩小调查范围。

这是一个笨拙但有效的办法。只不过，说起来简单，做起来可要难很多。首先，要想发现有用的信息，调查的范围肯定越大越好，但全世界有那么多家医院，调查能覆盖多少、覆盖哪些，都需要做出选择。另外，朊病毒病的患者虽然不多，但也不属于罕见病。它们都是由于正常蛋白质的空间构象改变而产生的，也就是构象病，在表现上也十分相似，是否是 V 病毒的感染，还得进一步对比才行。但最麻烦的，还应该是如何得到这些医院的配合，总不能一家一家地敲门。别的不说，光是解释和说明这档子事，就能把人累死。

为此，徐景炎和魏雨晴来到了疾控中心。V 病毒感染频发，社会各界都开始重视起来。疾控中心是第一批研究应对措施的机构，早早就成立了调查组。本来肖菲也在他们的邀请名单之内，但由于当时人在国外，便没有参加。

两人的本意是请疾控中心出面，以官方名义召集在华的所有专家学者，向他们详细介绍 V 病毒的情况，以最快速度让他们知道事情的严重性，调动他们的医疗资源，统计 V 病毒的感染情况。但来到这里才知道，疾控中心已经开始做这件事了，而且已经得到了第一批数据的反馈。

徐景炎不得不感叹，在这方面，官方实在是优势太大了。但等他表示想得到这批数据的时候，疾控中心的负责人周教授却拒绝了。

"根据规定，任何数据我们都不能随意外泄。"周教授语气温和，态度却很坚决。

"这种病毒不像想象的那么简单，多一个人调查，都可能有重大进展。"徐景炎说。

魏雨晴看着徐景炎摇了摇头，转头问周教授："这件事谁来决定？"

"哪件事？"

"能不能拿他们提供的数据资料。"

"主任。"

"好嘞，没事了，我们先走了。"

徐景炎刚要张嘴再争取一下，却被魏雨晴一把拉走了。

刚走出门，徐景炎就问："你拉我干吗？这数据不要了？"

"你这么要，到天黑都要不出来。"魏雨晴说，"你还没懂？

现在不是科研问题，也不是周教授的问题，这是行政问题。你们做科研的，政治觉悟都这么低吗？"见徐景炎还是似懂非懂，她挥挥手，"算了，这件事你甭管了，我来解决。"

仅仅过了两天，徐景炎就拿到了这些资料。不仅如此，周教授把自己的研究成果也一并送了过来。

那天从疾控中心离开，魏雨晴就知道这件事不能用个人力量解决，也不是晓之以理、动之以情就能搞定的，只能以官方对官方，形成文件，然后等指令从上往下走。她便给周局打了个电话，让他想办法。公安局和疾控中心没有多少交集，周局又向上级反映，绕了一大圈，终于把配合调查的文件搞定了。

魏雨晴进了周局的办公室，伸手就要接文件，嗖的一下，周局又抽回去了。"你要理解他们，这事现在还没定性，相关数据哪能说给就给。"见魏雨晴点头，周局又说，"他们的数据会不断更新，也会同步给你们。"魏雨晴脸上挂着得意的表情，比了个 OK 的手势。

"最后一句话，"周局压低声音说，"资料保密，不能外传。这里面不仅有各个公司的机密，还有患者隐私。这种病毒已经很麻烦了，千万不要再扯进其他问题。"

"遵命！"魏雨晴敬了一个礼，伸手接过盖章文件。

周教授见到官方文件，一句话没说，立马着手整理资料。上次他拒绝得有多干脆，现在整理得就有多利落。其实这也不能怪他，都是听令行事。这段时间他已经发觉手头这件事有多复杂，现在有人主动找上来，帮他分担一下压力，于公于私都是件大好事，他也十分高兴。于是，他的配合度从 0% 直接飙到 120%，还给徐景炎打了好几个电话，两人约定多沟通、多研究。

徐景炎拿到资料之后，就开始研究起来，没日没夜。他现在真的有点儿坐不住了。肖菲面对 V 病毒的态度，让他心里忽忽悠悠的，有种不祥的预感。

资料很多，真真假假，虚虚实实，究竟有多少有用的信息，谁也不知道。究竟哪些是 V 病毒导致的，哪些是已知朊病毒的锅，这里边是不是有误诊误判……都不好说。徐景炎这一忙起来，简直连提鞋的时间都没有了。

不过，他确实有了一个发现，就是这半年来，朊病毒致死量有明显上升。至于到底什么原因，还得进一步判断。


魏雨晴的日子也不好过。

本市出现朊病毒感染致死的消息不胫而走，谣言四起。恐慌加猜疑，让全市的气氛都凝重起来。市政工作人员决定采取点儿措施，知道了魏雨晴一直在调查，就叫她来给点儿建议。结果，对朊病毒一知半解的魏雨晴，一下子成了专家。至于防范建议，魏雨晴是真的一点儿都提不出来。不是她不想帮，而是她真的没什么好办法。

于是她紧急给这些市政工作者进行科普。

病毒的基本结构是 DNA 和蛋白质，或者 RNA 和蛋白质。一般的抗病毒药物是抑制病毒 DNA 或者 RNA 的合成，以达到消杀目的。但朊病毒是蛋白质，没有 DNA，也没有 RNA，常用的消杀方式根本不起作用。

其实应该说，常规的抗病毒方法都不管用。朊病毒结构极其稳定，高温加热对其无效，甚至就连辐射和紫外线都拿它没办法。极端的温度和辐射量倒是可以起作用，但那样的环境下，先死的不是朊病毒，而是人自己。目前来说，只有强的蛋白变性剂可以杀灭朊病毒，但这玩意儿根本没办法大范围使用。除非是不求结果、只做样子，否则还是趁早死了这条心。

还有一点也比较要命。朊病毒是蛋白质，跟普通蛋白质只是结构上有差异，就算在显微镜底下，要分辨出来都费劲，所以常规的医疗技术根本检测不出来。在社会面大规模检测也甭想了，没用。

魏雨晴的几句话把屋子里的人吓得够呛。这病毒无法治疗就算了，还难防难检。

"照你这么说，我们就只能眼巴巴地等着了？"一个声音弱弱地问。

"放心，朊病毒非常不容易传播，否则人早就死光了。"众人齐刷刷地放松了下来，魏雨晴看着被自己唬住的众人，心想当专家的感觉还是挺不错的，"至于现在能做什么，我是真的不知道，我觉得还是先去问问疾控中心的意见比较好。"

魏雨晴一个太极，把这件事推到了真正的专家那里。如果真听她这个半吊子专家的，本来没事也得整出点儿事来。

肖菲比他们都忙，而且是安静地、孤独地、精细地。她首

162

先要做的是观察，对比身体不同部分的病毒感染程度，再用不同浓度的组织液分别感染人体组织和动物，以确定它是否可以在动物与人之间传播。说起来容易，做起来可是辛苦极了。

从监控看过去，实验室仿佛处在一系列重复画面的循环中。一个穿着防护服的人从尸体的不同部分取出组织，用各种试剂处理后静置，再放到显微镜下观察。然后，这个穿防护服的人又从尸体上取出组织，制成各种浓度的溶液放在一旁。她从柜子中取出三个培养皿，紧接着从笼子中抓出十八只免疫缺陷小白鼠。她把从三具尸体中提取的朊病毒组织液分别滴入三个培养皿中，然后又把三种不同浓度的组织液注射进小白鼠的身体里。

这是一个极其烦琐的过程。时间和试剂，在肖菲的操作下，转化成了源源不断的数据。

了解未知，永远不像想象的那么容易。

时间，在科学研究方面实在不禁用。

## 4.

徐景炎被闹铃吵醒的时候正在做梦，梦里自己正在跳格子，一个一个五颜六色、无边无际。他迷迷糊糊地摸到闹钟关掉。调整了三分钟后，徐景炎睁开眼，缓缓坐起来，继续看电脑屏幕上那张标注了各种颜色的 Excel 表。

自从开始研究这些数据之后，徐景炎的睡眠质量就很好。别人是趴下就能睡着，他根本不需要趴下，坐着就能睡着。数据混乱不全，这也不是周教授不配合，是他到手的就这样。毕竟这么短的时间内，能要到数据就已经不错了，形式和内容上不可能做到规格统一。同样的一个信息，这份病历报告在第三页，那份报告就可能在第十页；有的资料可能有二十页，有的可能就五六页；这份还是英文，下面一份可能就一个字都不认识了。

徐景炎剥茧抽丝，在混乱中寻找着蛛丝马迹。他把可能有用的信息都记下来，偶尔会给周教授打电话要点儿资料，也会

164

利用同源的力量，找到自己想要的数据。这不是一个轻松的过程，但他已经发现了一些异常。

铃铃铃，电话响了，是肖菲。

徐景炎心里有点儿慌，他不知道电话那头会给他好消息还是坏消息，不安地接了起来。

"肖教授，您是有什么发现了吗？"

"是。"肖菲的声音疲惫而严肃。

"是坏消息吗？"徐景炎有种不好的预感。

"不全是。"肖菲说，"我有一个好消息和一个坏消息。你想先听哪个？"

"先听坏消息。"看来事情没有那么麻烦，肖菲还有兴致开玩笑，徐景炎想。

"这种病毒的感染剂量为 1。也就是一个结构异常的朊病毒颗粒，就可以导致感染。我用人体细胞做了比对，不同浓度的提取液之间，细胞感染的速度几乎区分不出来。我就不断降低提取液的浓度，直到最后减到一个病毒颗粒，依然可以感染。而朊病毒是可以在自然环境中活很久很久的。还有，V 病毒的潜伏期——很短。"

感染剂量为 1，意味着病毒有强大的感染能力！极难被杀死，意味着感染只是一个时间问题！潜伏期短，意味着杀人很快！再加上朊病毒百分之百的致死率……

这意味着灭顶之灾！

"不过，我还不知道潜伏期究竟是多久……"肖菲说。

"我也有些发现。"徐景炎说,"这段时间我一直在研究世界各地的朊病毒致死病例,发现近半年的死亡数量有增多。只是增幅不大,不仔细对比看不出来。您知道,在海外,朊病毒要比国内常见得多。病例明显增多的地方,基本都是做基因治疗和手术的医院。"像在怀疑自己说的话一样,最后一句徐景炎说得很慢。

国内和国外新增的朊病毒病例,暂且不管是不是 V 病毒,都与基因技术有关?这算什么关联?再大胆的想法,都归纳不出这里面的逻辑规律。

电话里一阵沉默,两人都不知道该如何解释这个现象。

"看来还有很多事需要确认,我继续调查。另外,"肖菲停顿了一下,"我们的时间可能真的不多了。"

电话那头的徐景炎早就做好了听到坏消息的准备,但这个提醒依然太骇人。他不知道如何回应肖菲的这句话,而是反问道:"肖教授,您还有一个好消息是吧?"

"哦,对,确实。我发现 V 病毒只会传染人,并不会传染动物。"肖菲轻描淡写地说,"如果最终人真的灭绝了,地球依然会生机盎然、十分精彩。"

真是个好消息!

徐景炎攥着电话,心里默念着。

尽管知道了 V 病毒的一些特性,但徐景炎能做的依然有限。朊病毒很难检测,基本可以理解成无法成规模检测。但这个难题,徐景炎不打算继续纠缠下去,他只是把这些告诉了沈音和疾

166

控中心。如何处理，让他们去操心就好了。他现在只想搞明白一个问题：为什么感染朊病毒的人都与基因治疗有关？

经过调查，现在基本排除了药物使用的问题，也不是医疗器械的问题，也就是说，这不是人为灾难。这很容易理解，同一个时期内，世界不同的地方像商量好一样，都出现了一种新的朊病毒，没人能做到这件事。那是意外？人们不知不觉又碰了什么不该碰的东西？像埃博拉一样，几个小孩儿惊扰了在树洞中睡觉的蝙蝠，结果埃博拉病毒进入了人体，疯狂杀戮。仔细一想，这也不对。如果是意外，传播的线路应该从一个点开始蔓延，而 V 病毒则像一张网忽然撒了下来。

不是人为，不是意外，那 V 病毒就只能是一个计划的产物，而这个计划的制订者——不、是、人。因为没有人有这种能力。想到这里，徐景炎打了一个冷战，又很快回过神来，自己都觉得荒诞。想来肯定是自己这段时间被折磨得够呛，才能这么胡思乱想。好歹自己也是一个科学工作者，怎么能这么没边没谱？


门铃响了，徐景炎推开门，魏雨晴站在外面，脸色凝重。

"瑶瑶和露露她们都还好吗？"徐景炎问。做了手术之后，瑶瑶的病情已经稳定了，也就不再需要长时间住院，只需要按时服药，等下一个阶段的治疗就可以。魏雨晴和徐景炎决定配合调查之后，因为自己要零距离与尸体和病毒打交道，就把两个姑娘交给了魏雨晴的父亲来照顾，并且让他们暂时先离开这里，等尘埃落定再回来。但依照现在的发现，这个决定似乎不是很稳妥。

"都很好，她们在乡下玩得很好。"魏雨晴说。

"我在电话里说的不是开玩笑！"徐景炎很严肃。

"你说什么了？"

"我说……"徐景炎差点被噎死，"现在发现，V病毒的感染者都是做过基因治疗或者基因编辑手术的人，而瑶瑶也做了基因手术。"

"不是检测过了吗？"

"现在没事不代表以后也没事，朊病毒在潜伏期查不出来。这对你们来说太危险了。"

"瑶瑶有危险，我们可以躲开，但现在人人都有危险，我们还能躲到哪儿去？"魏雨晴脱掉外套，往椅子靠背上一搭，"如果我们弄不明白到底发生了什么，那没有人、没有地方是安全的。徐景炎，你现在最要紧的是搞清楚发生了什么，这样才能真正地保护她们。"

徐景炎语塞。他当然懂，但是懂道理并不等于能解决问题。

"以前的对手都是人，人的行为有痕迹，想法有惯性，蛛丝马迹总能找到一些。现在倒好，查了半天，一个嫌疑人都没有，都是受害者，所有的经验和手段都用不上。"魏雨晴有点儿丧气地说，"如果我们能查出点儿什么来，那一定是你，不是我。"

说到这里，徐景炎又是一阵心烦，他双手盖住脸，使劲胡噜了一把："可能我们直到最后都搞不清楚。"

"这还没到最后，咱们得继续查！"

"怎么查？"徐景炎双手一摊，"现在唯一的发现，就是这些人全都做过基因相关的手术或者治疗，再就没有其他了。用药、医生、器械……该查的都查了，还能查什么？"

"查……查基因！"魏雨晴脱口而出，"既然是基因的问题，那就查基因。"

徐景炎一时语塞，他眨了眨眼，对呀，自己怎么没想到呢？徐景炎一言不发，只是在桌子上稀里哗啦地翻东西。

"你干吗？"魏雨晴说。

"我找罗辛他们三个的病历资料。"

"找它干吗？你不都翻烂了吗？"

"你说的很对，基因上的问题，就从基因上找答案，我之前忽略了。"徐景炎拿起一份文件，翻了两页，又放下，"我之前总是想先找出问题来，再去决定怎么做。而现在我觉得应该先去做，再根据结果调整调查方向。"

"现在这件事太不常规了，是得换换路子。要说你们这个行当，跟我们这行还真有点儿相通的地方，都需要'大胆假设，小心求证'。"魏雨晴说，"所以，我们现在是要干点儿什么？"

徐景炎环顾了一下屋子："那可多了。"

两人首先调出三名死者的病历。三人中只有一个人做了全基因组测序——万祺霖。万祺霖是个很惜命的人，如果条件允许，他愿意一直活下去。在做端粒延长手术的同时，他也做了基因全序列检测，想看看身体还有什么隐患，计划以后一一解决。但人算不如天算，他正是死于逆天改命。

"我有个问题一直想问，"魏雨晴说，"一个端粒修复，真的能延长寿命吗？"

"从现在的理论研究上说，确实可以。端粒在染色体的两端，细胞分裂的时候，基因如数复制，但端粒会一次次缩短。现在发现的不只是这个问题，端粒跟很多的疾病也有关系，而长寿人群的端粒几乎都比较长。"

"可影响寿命的肯定不止这一个因素吧？只改造端粒，又能有多大作用？"

"不能这么算。"徐景炎说，"就拿上学考试来说吧，考试有很多科目，对于偏科的人来，提高总分的最好办法，就是把一门考了50分的科目提高到80分，哪怕是70分也行。而不是把一个90分的科目提高到100分。延寿也一样，影响因素确实很多，但修改那个最大的障碍，取得的效果才最大。"

"本想多活几年，结果却成了催命符。"

"世事也是无常。"徐景炎也不知道该说些什么。

徐景炎给肖菲打了一个电话，在知道她的实验室没有做基因测序的条件之后，徐景炎表示想亲自去一趟，取尸体上提取的组织样本。但肖菲没有让他来，因为从尸体上提取组织和消杀都需要时间。她会找地方做，做完之后会找人把结果送过来。徐景炎感谢了肖菲之后，又从系统中调取了万祺霖的基因序列。

“我做什么？”魏雨晴问。

“病人家属都是你在联系是吧？”见魏雨晴点点头，徐景炎继续说，“找到三名死者的家人，然后提取他们的 DNA。”

“还要他们的 DNA？”

“人的 20 号染色体有一个叫 PRNP 的基因，也就是朊蛋白基因，跟朊病毒感染有关系，我要看看他们的这个染色体是否正常。其实我也不知道这么做是否有用，”徐景炎拿出了科学工作者的严谨，“但这个方向没错。朊病毒没有遗传物质，所以我现在有一个假设：朊病毒传播所需要的信息，可能就在人体的 DNA 中。传播方式也可能很简单：只要激活编码朊病毒的基因，朊病毒就能繁殖。”

见魏雨晴的眼神有点儿迷茫，徐景炎问：“没跟上？”

“你能用更通俗点儿的话再说一遍吗？”魏雨晴摆了摆手。

“好吧，”徐景炎低下头组织了一下语言，“两军打仗，甲方只有一个人，乙方有一百万人。初看甲方输定了，但是他有自己的办法。他会先找到乙方的一个人，说服这个人归顺他，这样甲方就有两个人了。这两个人再去乙方的军队中找两个人，说服他们加入甲方。1 变 2，2 变 4，4 变 8……以此类推，转化会一直持续下去。最终，乙方的一百万士兵就会按照指数速度全部变成甲方。”

“他怎么说服？”魏雨晴问。

“朊病毒是蛋白质，它与正常蛋白质的区别只是在结构上。”见魏雨晴点点头，“这就好理解了。同样的道理，甲乙士兵区别很小，比如乙的军帽是正着戴的，甲的军帽是反着戴的。把乙的帽子转个方向，乙就会变成甲。我们每个人身上都携带着无数的正常蛋白质，也就是士兵乙，感染朊病毒，就是它们变成了病变蛋白质，也就是士兵甲。"

徐景炎脱口而出的比喻让魏雨晴立即明白了。"那你刚才说的P……什么……NT……"

"PRNP。"

"啊，对，无所谓叫什么，"魏雨晴摆了摆手，"这个基因是干吗的？"

"它是乙方军队的统帅。它会检测并抵抗朊病毒，阻止朊病毒把自己的士兵转变成敌人。如果这个基因出了问题，乙军的士兵就会缺少一层防御，对朊病毒来说，就成了活靶子。"想到这里，徐景炎不禁害怕起来，"一般来说，人的免疫力是能抵挡一定程度的感染的。每种病毒都有一个感染剂量，也就是最少多少个病毒粒子，能造成感染。少于这个剂量，人体就能防御住。比如埃博拉病毒的感染剂量为3，也就是3个病毒粒子就能造成感染，已经非常可怕了。而V病毒的感染剂量为1，一个病毒粒子就可以造成感染。"

"你之前是不是说过，这种病毒的致死率是百分之百？"见徐景炎点点头，魏雨晴声音有点儿激动，"这……不管V病毒是谁搞出来的，这明摆着就是要把人搞死啊！"

谁说不是呢？徐景炎心里默道。以前不管多厉害的病毒，人类都有一个应对的法宝——基因多样性。无论遭到何种病毒的屠杀，比如天花、埃博拉、艾滋……总是会有一小部分人因为带有某种特殊的基因而天生具有抵抗力，他们能活下来，然后繁衍生息，使人类作为一个物种延续下去。

现在连这道保护都失效了。无论是千百万年来不断进化的身体，还是一代代人的医学发现，在 V 病毒面前，似乎都形同虚设。

## 5.

从魏雨晴那里拿到基因样本，再到同源进行基因检测，这些都需要时间。于是在这个阶段，徐景炎开始从前到后仔细复盘。他翻来覆去看这些资料，虽然已经翻了无数次，但他总觉得自己漏了点儿什么。他是真的着急了，因为现在局势已经越来越差。尽管关于 V 病毒的一切，每个人都守口如瓶，但如此严重的事情怎么可能瞒得住，各种猜测已经满天飞了。胡乱猜疑导致的紧张气氛已经蔓延开来。

到室外的人明显少了，即便需要出来，每个人也是步履匆匆，防护得严严实实。市政当局的所有解释和安抚，都成了民众眼里的欲盖弥彰。这并不能怪他们，他们不知道发生了什么，准确来说，没人知道发生了什么。现在，除了徐景炎、魏雨晴和肖菲等，还有不少组织和人都加入了调查，可依然没什么进展。

徐景炎清楚，畏惧带来怀疑，怀疑带来恐慌，如果秩序因此崩坏，那轮不到 V 病毒来屠杀，这世界马上就会变成地狱。

徐景炎正在看着最新的资料。一些是疾控中心送来的，一些是同源搜集来的，自从徐景炎受命开始调查，这些资料就一天都没断过。一些是疑似 V 病毒病的补充资料，一些是新的病例。徐景炎也把之前三名死者的病历拿了出来，传给国内和国外的专家，大家一同研究，寻找对策。

资料齐全之后，徐景炎立刻就发现了问题。

现在徐景炎手中拿到了 32 份资料，其中，29 份来自国外，3 份来自国内，也就是除了已经发现的这 3 例——国内暂时还没有发现新病例。这些都是分析筛选后，几乎可以确定是 V 病毒感染者的。这些人还有一个共同点，就是接受基因治疗的时间都在一年以内。接受基因治疗超过一年的患者似乎并没有人感染。

那一年前发生了什么？首先，一定跟基因治疗有关。其次，肯定是个大事件。想着想着，徐景炎就开始在电脑上以基因为关键词搜索相关的新闻。一条一条筛选，一条一条对比、确认关联性。三个小时后，他终于把焦点锁定在了一条新闻上。


这项新技术的发明，代表人类即将进入造物时代。


"在基因技术领域，霍普金斯大学的艾维教授研发了一项新技术……从三个方面，把基因治疗推向了一个全新的时代……第一，精准的靶点结合，可以避免非特异性切割诱发不可控突

175

变……第二，识别序列以后可以进行精确的切割操作……第三，可对切割位点进行精确编辑……这项新技术表明，人类掌握了碱基对级别的任意修改、调整和组合 DNA 的技术。"

文章很长，大部分都是生涩的专业术语。徐景炎一边读着文中的信息，一边思考其中的关联。而文章结尾的一句话引起了他的注意。

"目前，几家最大的基因治疗公司都与霍普金斯大学建立了合作，如国际知名的同源、赛菲斯……"

徐景炎惊呆了。这几个名字他太熟悉了。手中的这 32 个病例中，有 11 个来自文章中出现的这几家公司，这绝不是巧合。徐景炎努力思索着这些基因治疗公司之间的联系。他拿起手机，拨通了姜愉的电话。

"鱼鱼，"这是姜愉的微信名，两人熟络之后，姜愉就让徐景炎用这个名字称呼她，"问个事。"

"你说。"

"大约一年前，霍普金斯大学取得了一项重大科研突破，与好几家基因治疗公司都签订了合作协议。这个事情你知道吧？"

"当然知道，是我办理的合作手续。"

"太好了，我有几个事需要了解下。"徐景炎说，"霍普金斯大学为什么要与这么多公司合作？一般都是与一家合作啊。"

"是这样，这项新技术的主导人是霍普金斯大学的艾维教授，他是个有强烈社会责任感的人，也是一个值得尊敬的人，"这句话从姜愉嘴里说出来的次数可不多，"他希望他的发明服务的是全人类，就开放了合作口，这样就能创造一个竞争性的市场环境，药物上市时，定价就不会过高。"

"国内是不是就两家公司和他们签了约？"

"是。"

"是同源和因子吗？"

"是，你怎么知道？"

"同源是网上搜的，因子是猜的。"

"同源是第一批签约的医药公司，因子是第二批。这与V病毒有关系？"姜愉明显察觉到了这两家公司名字的不寻常。

"有可能。只是我现在还没有证据。我还得查点儿东西，先挂了。"

"那好，有什么事情就跟我说。"

"等等，确实有件事，"姜愉的这句话提醒了徐景炎，"你能把当时与霍普金斯签订合作协议的公司统计一下，然后把名单发给我吗？"

"马上。"姜愉二话没说，匆匆挂掉了电话。

徐景炎挂掉电话后还不到三分钟，就收到了姜愉发来的信息。徐景炎颤抖着打开对话窗口，看到上面总共有八家公司。这八个名字他都异常熟悉，就是发现V病毒死亡病例的那八家。如此一来，徐景炎的调查终于取得了新的进展：

霍普金斯大学在基因编辑领域取得了一项本质性的突破——人类可以从碱基层面，对基因做任何调整处理了。而与霍普金斯合作的这八家公司，在一年的时间里，陆续出现了32起朊病毒感染死亡事件，而这 32 例，全都做过基因治疗的手术，无一例外。基本可以肯定，霍普金斯大学的新技术，与 V 病毒有直接的关系。

这项技术这么快就能投入应用，主要因为它并不直接生产药物，而是以指数倍提高已经在研究中的基因治疗的成功率。

徐景炎还是想不通它们之间的关系。肯定不是药物，这项新技术不生产药物。也不会是设备，因为霍普金斯大学提供的是科学手段，也不生产这些东西。想来想去，只剩下一个无法理解的逻辑关系：

霍普金斯大学的这项新技术引发了 V 病毒感染。

当然，还有一个联系不能忽视——这些医院每年做基因治疗的人绝不只有 32 个。也就是说，并非应用了艾维教授这项技术的基因手术，都会导致朊病毒感染；但每个感染朊病毒的人，都与这项技术有关。新技术的使用，是感染朊病毒的必要不充分条件。

如果说这个发现让徐景炎更加困惑，那肖菲的研究所和同源的实验室在基因检测数据方面的发现，则让他感觉浑身发冷。对比这三名死者和他们父母的基因，发现了一个骇人的事实：他们父母的 PRNP 基因都是正常的，无一例外；而三名死者的 PRNP 基因都是异常的，也无一例外。

诡异的是，万祺霖在手术之前的基因检测显示，那时他的 PRNP 基因是正常的。也就是说，他的 PRNP 基因在手术后改变了。他们身上与生俱来的这道朊病毒保护屏障，悄然消失了。

是什么诱发了这种突变？不对，不是诱发，这是有目的的修改。否则，无论在时间上还是空间上都如此分散的病例，不可能出现同样的基因突变。

徐景炎抓耳挠腮，毫无头绪。他很快就明白，他需要更专业的人。他能想到的一个人，就是同源的基因专家孟医生。同源在基因方面的策略由钟教授来定，而实操方面主要是孟医生来做。可是当徐景炎把资料放到孟医生面前的时候，他明确表示这不可能。

"基因治疗不是批作业，想添哪儿就添哪儿，想改哪儿就改哪儿。基因治疗除了能改，更重要的是改得准，霍普金斯大学的新技术主要提高的就是准度。"孟医生说，"如果真的如你猜想的那样，是基因脱靶效应导致了意外，那也不可能让这数十例都脱到一个靶上。"

"那还有什么因素会导致基因出现变化？"

"那可多了。"孟教授皱起眉头，"不一定非得是什么刺激性环境，基因自己每天都在发生变化。比如细胞分裂的时候，基因首先要进行复制，这个时候就会出现突变和重组。受到辐射，DNA 也会变……"

"基因自己生成了朊病毒，同时关闭了自我保护渠道。"说到后来，徐景炎连自己都没了底气，"这有可能吗？"

"你让我这样的医学工作者来说，不可能。但在一些研究者看来，是可能的。"孟教授说，"基因治疗面对的从来就不只是技术问题，还有伦理问题。有很多人认为，修改基因是上帝的事，不是人类应该插足的领域。现在市面上有很多关于基因的书，虽然大部分都是浑水摸鱼，但其中有几本是真正的基因领域专家写的，角度也很独特，比如《自私的基因》《基因工作时，非编码区都在干点儿什么》……你要是有兴趣，我可以给你列个书单。"

"那太好了，麻烦您了。"徐景炎说。

孟教授给了他一份长长的书单，还给了他上百份论文的电子版。徐景炎买回了书，打印好了论文，桌子和沙发都堆满了，地面上还摊开了一堆。

记忆中，自从高考结束之后，他就再也没看过这么多东西了。他拿起笔，打开灯，翻开书，开始读下去。或者在纸上勾画，或者折一个三角，或者贴上荧光标签，后来干脆看到有用的内容就撕下来放在一旁。随着看的东西越来越多，他读得也越来越快，做记录也越来越快。

其实他心里已经有了一个猜测，虽然很大胆，也很玄，但这是他从目前已知的信息里面，能推出来的唯一结论。他需要找到一个理论来验证，这个理论存在于目前为止人们对基因的已知、猜测和推断上。但他不知道自己的方向是否正确，所以他并没有把自己的发现告诉任何人，只想一个人走下去。如果错，只是他一个人错就好了。

文字真是一个好的发明。一个人通过阅读，就可以知道几千年前的事，就可以知道其他人的思想，就可以知道几百几千人的发现。旧世界的一切，在文字的叠加中发酵、淘汰，留下的是那些真正有价值的、美好的发现。生命虽然难过百年，但积累可以让文明越来越长久、越来越丰盈、越来越精彩。文明就在这一代代从生到死的轮回中，得以永生。

徐景炎睡着了，他实在是太累了。这些艰涩的概念、天马行空的猜想，还有一些难以理解的技术，把他的精神消耗光了。在无意识的状态下，这些东西汇聚、分离，组合出了新的灵感，冲击着他的大脑。徐景炎醒了，他继续攻坚。信息流过大脑，留下零星的碎片，拼凑着每个可能性。整个过程就像一场马拉松，疲惫、孤独，他能听到自己的脚步声、听到自己的心跳声、听到呼呼的喘气声，但距离终点还是那么遥远。他很累，但没有人帮他。从开始直到结束，总是有一个声音劝他放弃，并且随着他跑得越来越累，这个声音变得越来越大。

整整三天，徐景炎趴下便睡，醒来即看。

他终于从这些论断中拼凑出了一个解释。

一个让人惊骇而又绝望的解释：

基因要杀死人类。

## 6.

　　这世界所有的生物用的都是同一套遗传因子，可以肯定，它们有一个共同的起点。相同的分子、相同的模式、相同的规则，却创造了千差万别的世界。生命有多分化，就有多统一。在这有限的世界里，顽强地活下去，是所有生命的基本原则。为此，不同的物种进化出了不同的形态。无论天空、陆地，还是海洋，都有生命的踪迹。

　　进化是一个缓慢的、精雕细琢的过程。我们眼见的每种生命，都有一个更原始的祖先。与很多人想象的不一样，进化是没有计划的，它只有一个原则：在当前环境下活下去。生存的欲望，让生物在形态、大小、技能上变得迥异。每种生命，在这个世界上都找到了属于自己的空间。

　　人尽管很特别，但也不是计划的产物，还是进化而来的。人也遵循所有的生命规律，出生、长大、繁衍、死去，每一关都逃不过去。当一些动物学会了变色，一些动物领悟了飞翔，一些动物长出了强健的肌肉，一些动物强化了奔跑的能力，人则选择了一条独特的变强路线。为了智慧和人格，人类牺牲了几乎所有的动物属性——翅膀、尖牙、利爪、皮毛、敏锐的感应能力、强大的力量、发达的视力……并且发明了替代品——衣服、鞋子、手套、眼镜、汽车、飞机、弓箭、枪炮……人成了科技发明的外延，也正是得益于这些非自然的武装，人凌驾在了其他生灵之上。

智慧的积累产生了文明。

不过，文明的产生终究只是进化的一个副产物，还属于进化的范畴。

因为文明这个副产物，让人的这套基因组得以更广泛地生存和繁衍。生命看似自由，但无时无刻不受到基因的调控。而这种控制很快就感受到了威胁。文明是一个巨大的概念，这个概念里有一个分支叫科技，科技使基因的修改和编辑成为可能。奴隶要改造他的主人了，对基因来说，这是不允许的事情。于是，基因启动了早已经预设好的自毁程序，绞杀人类，就像狱警向越狱的犯人开枪一样。毁灭的方式，就是关闭朊病毒抵抗机制，让朊蛋白异化。这是颗早就埋好的炸弹，挖不出、拆不掉，也不可逃离。

"等等，这都是你的猜想，对不对？"魏雨晴说，"你没有证据。"

"是，都是我的猜想，我也没有十足的证据。但这个猜想在逻辑上是可以理顺的。"

"那我先问一个问题：基因真的在人体里有预设吗？"

"不是有没有的问题，而应该问，基因在人体中的预设到底有多少。"徐景炎说，"人们已经发现了几十个与寿命有关的基因，在这些基因的影响下，寿命可以延长，但终究有一个上限。永生是永远不可能的。永生代表着不再繁衍，不再繁衍，基因就不会再有更新。所以这些设计就是为了让人必须死。端粒就是一个预设。细胞每分裂一次，它就变短一次，当它消失时，细胞也就不再分裂，等待人们的也就只有死亡。"

"那你说说，病人是怎么感染朊病毒的？"

"如果我的猜想是对的，大概是这样的。"徐景炎缓缓说道，"人的基因只有 2% 是编码区，其他的都是非编码区。之前研究者认为这块儿没用，所以也叫它垃圾区。但后来发现一个事实，越复杂的生物，垃圾 DNA 在基因中占的比例就越高。再后来，人们发现了其中的运行机制——垃圾 DNA 会让基因表达变得复杂。人的基因一共就两万多个，这些基因能控制如此精细的人体，最主要的一个原因，就是它们可以分解后再组合。"

"你能说得简单点儿吗？"魏雨晴又开始跟不上了。

"比如这就是全部的基因，"徐景炎从桌子上拿起一份材料，有十页纸，"现在开始拆解。垃圾 DNA 有一种能力，可以拆解它，然后再组合，就像堆积木。垃圾 DNA 越多越复杂，拆解能力就越强。垃圾 DNA 少的，只能把这些资料拆解成一页一页、一段一段的；垃圾 DNA 多的，可以把它拆成句子，甚至是字。拆得越细，重组可产生的东西就越多，这应该很好理解。"

魏雨晴点点头。

"自毁程序就像一颗定时炸弹，埋在这些垃圾 DNA 中。人类对基因的修改，触发了爆炸的按钮。在垃圾 DNA 的操作下，新的基因合成了。人体内的朊蛋白，在新基因的操纵下改变了结构，也就是我们看到的 V 病毒感染。这就是这几家国际上最知名的基因治疗医院，虽然远隔千里又互不干涉，却几乎同时爆发 V 病毒感染的原因。

"如果这个猜想是正确的，那 V 病毒的感染剂量就不是 1，而是 0。"

魏雨晴震惊地看着徐景炎，久久说不出话来。

"不对！"魏雨晴猛然说道，"人们对基因的修改已经很长时间了，如果按照你的说法，为什么偏偏是现在发生，而不是几十年前，或者几十年后？"

"阈值。"徐景炎很平静，"基因本身就有突变和重组，可以说改变是一种常态。但霍普金斯大学的新技术，让人们可以随意修改基因。我们无意中点燃了深埋在垃圾 DNA 中的引线，触发了这个预设，引爆了炸弹。"

"你的这些想法，已经是把基因当成一个阴谋家来看了，而这些都是它的设计。"魏雨晴很认真、很认真地问，"你不是科学工作者吗？你相信自己所说的话吗？"

徐景炎惨淡一笑："很多科学家到暮年都相信，是某种东西策划了生命，有一个造物主规划了世界。你知道为什么吗？因为他们研究越多，就发现越多疑问，越多无法用科学或巧合来解释的事。"

"如果基因真是一个阴谋家，那它的目的是什么呢？"魏雨晴很快就把自己代入了这个恐怖的猜想中。

"我猜不到。"徐景炎说，"但我知道，这次基因的目的不是毁灭所有生命。肖菲教授做了研究，这次灾难只是针对人的，其他的生物不受影响。"

"那为什么是罗辛、万祺霖他们？"

"他们没有什么特别的。之所以是他们，是因为事情早晚会发生，总会有第一个被绞杀的人。无论是万祺霖还是周祺霖，是罗辛还是罗苦，谁是第一个都不重要。重要的是，绞杀开始了。"

"有什么办法可以验证这个猜想吗？"

徐景炎摇摇头，又点点头。

"到底有还是没有？"魏雨晴有点儿急了。

"有，等着。如果我的猜想正确，那接下来会发生什么事情也不难想象。"徐景炎望着窗外的天，此刻的天好蓝，云好白，"朊病毒之所以从来没造成大量死亡，完全是因为它们太难传染了。但V病毒极易传染，还可以在体外存活。现在看来，在我们还没有反应过来的时候，传染已经不知不觉开始了。每一个患病的人，他的体液、他脱落的细胞都会变成传染源。很快，这些肉眼不可见的微粒，就会随着风、随着水，布满整个世界。感染的人数将会呈几何倍数增长，直至所有人都感染。"

"这个时间大概要多久？"

"不知道。"徐景炎摇摇头，"不过，我们还有一个希望。"

"什么？"

"我是错的。"徐景炎惨笑一声。

"除了等，我们还能做点儿什么？"

"没有了，没什么可做的了。"徐景炎说，"我们的调查也到此为止吧。你现在知道了，瑶瑶做过基因编辑手术，她随时可能成为 V 病毒的感染者。"

"如果你的猜想是对的，瑶瑶是否危险已经不重要了。不过，我会把她接回来还给你。你是她父亲，她现在也最需要你。"魏雨晴转过头，看着徐景炎的侧脸，"除了我，你的猜想还跟谁说了？"

"跟谁都没说。这个猜想太荒诞了，不真实。科学发现讲求的是证据，我无法说服其他人，他们也不会相信的。"

"信不信是他们的事，但说不说是你的事。你我没办法，不代表别人也没办法。说出来。这是我们作为一个人，与生俱来的责任。"

## 7.

之后的事，徐景炎猜中了一小部分，而大部分都没猜对。

按照魏雨晴所说，徐景炎把自己的猜想完完整整地讲了出来，讲给了同源的科研部门、因子的科研团队，还有疾控中心和国外的团队。但正如他所料，他的这个猜想过于荒诞，很多科学研究者都是当笑话看的。只有很少的一部分人，开始验证这个猜想。

但随着验证猜想成立的证据越来越多，众人骇然。局面很快就转变了。

首先是感染的人数开始暴涨，速度比徐景炎预想的还要快。本来按照徐景炎的估计，大面积感染至少在半年之后。但两个月后，感染的人数就开始激增。另外，肖菲有了一个更绝望的发现。本来，朊病毒只会让朊蛋白变性。但这种传染在人体内蔓延开来，几乎所有的蛋白质都开始出现结构异常。死亡的节奏加快了很多。于是，科学工作者们不得不接受这是一个全新

188

病毒的现实。各项研究都开始了，每一个医疗单位、公司、组织和研究所都把重心调整到了 V 病毒研究上，开始争分夺秒地与死神赛跑。

无数的电影和文学都描写过，在灭顶之灾的情况下，人们会作何反应。但都与现在不一样。科研工作者们后知后觉，直到全球有五千多例感染之后，才发觉问题的严重性，普通人就更难猜到了。每个人都知道一种极其可怕的病毒在传播，但没有人知道，这是一场灭顶之灾。世界上所有的政府与科研部门达成了惊人的一致，全力寻找生存机会，同时尽量隐瞒真相。现在的世界确实很需要真相，但更需要秩序。如果每个人都陷入绝望，整个世界将一片混乱，末日也会提前到来。

但即便如此，谁都不知道真相能隐瞒多久，这种状况能维持多久。就算一夜之间，文明彻底崩溃，人类所取得的所有成就瞬间消失，也并不奇怪。

谁该为这个局面负责？不管这件事重不重要，人们总是要讨论的。

有人说是霍普金斯的艾维教授，因为是他发明的技术触发了死亡预设，但后来发现，其实这项技术早在十多年前就有人研究了。这就像一群人推一面墙，艾维只是最先推倒墙的那个人，没有他，也还会有其他人。有人说是同源，毕竟真正的死亡是从这里开始的。但其实死亡是多点爆发的，国外的死亡病例先于国内，早晚还是要传过来的。讨论来讨论去，人们终于意识到，他们的敌人是 V 病毒，而不是人。所有的人都是受害者。

如果一定要怪，就怪人类在科学方面走得太远，走得太快，不知不觉走到了禁区。

这是每个人的责任，而不是某个人的责任。

徐景炎并没有去任何地方，他离开了同源。他太累了，心和身体一样累。自己一生并没有多远大的志向，只是想平平稳稳地活下去，却从来没实现过。为病发愁、为钱发愁、为命发愁，现在终于到头了，等着死亡来收割自己，就结束了。徐景炎不怕 V 病毒，他早就想好，无论生死都要和自己的孩子在一起。但他也怕一件事，就是自己会死在瑶瑶和露露之前，他无法想象两个女儿独自等待死亡的恐惧。

对于任何生物来说，从小成长的环境，都是最能满足安全感的地方。此时，徐景炎带着两个女儿回到了村庄里，那是他从小长大的地方。两间老平房还稳稳地站在那里，虽然破损严重，但还能遮风挡雨。好在现在不是冬天，不然这日子可就难过了。小小的院子里长了很多杂草，徐景炎也没有除掉它们，毕竟这世界很快就会完全属于它们了。两个小姑娘很喜欢这个小院子，没事就在院子里疯跑，草里的飞虫被追得魂飞魄散。

作为这个世界上第一个预感到末日的人，徐景炎很早很早就储备好了食物，足够三个人度过余生。

时值夏末，两个小姑娘玩累了，睡着了，徐景炎却无法入睡。他坐在院子里，一遍一遍回忆这三十多年的点点滴滴。他无论如何都没想到，这一生中度过的最清闲的日子，居然是等死的前夕。

这时电话响了，是钟献打来的。两人聊了十分钟，徐景炎点点头，挂断了电话。

徐景炎看着这满院荒草，长出了一口气：

"活着真糟！"

第四部分

# 意识是生命进化的噪声

## 1.

一直以来，生命科学的终极目标都是永生。基因的修复和编辑使寿命可以延长，使疾病可以治愈，但科学家很快明白，只靠这些，永远也无法做到永生。因为寿命的终结，并非源于某一个基因、某一个器官的衰老。生命已经进化出了这样的一个规律——正常老去的人，身体器官几乎是同时衰竭的，也就是身体各个器官的使用寿命几乎都是几十年。而生活和工作习惯会造成某些器官过度劳累，这个器官的病变，就是死亡的第一个信号。一旦号角吹响，生命的终结就会如山崩地裂，让人措手不及。

这样的死亡，人无法控制，甚至无法干涉。就比如一辆开了50年的车，所有的零件都处于崩溃边缘，根本无法修复。想开车上路只有一个办法——报废，然后重新买一辆。

同源很早发现了这个问题。但永生的诱惑力实在太大，于是沈音出钱、钟献出智，制订了一个"登录计划"。计划只研究一个课题：意识上传，或者说数字生命。

钟献的研究一直在进行，但距离成熟还差得远。后来，V病毒突然爆发，他也就没有时间了。但钟献的研究方向，在现在的状况下，有了更重要的意义。

在 V 病毒这件事上，科学研究者比任何人都要更接近真相，更理解事情到了何种境地。这些科学工作者在一起绞尽脑汁研究对策，但只在几个方面达成了共识：一、人类社会即将崩溃，现在还能维持相对的稳定，完全是因为民众不知道真相；二、人类即将灭绝，无论哪里，都无法逃脱 V 病毒的绞杀，就算有人侥幸存活，也无法重建文明；三、钟教授所研究的意识上传，是人类文明的唯一生路。

于是，这些科学工作者决定实施一个拯救人类文明的计划，并给这个计划取了一个形象的名字——登录。计划的细则也很快出炉。

首先，按照自愿的原则，科学工作者们各自决定是否参加登录计划。愿意参与的人会进入钟教授的研究基地，与其他科学工作者一起完成这个伟大的项目，直至死亡。这不是逃避现实，更不是放弃生的希望，这是向命运做出的一场卑微而决绝的抗争，是科学工作者在关键时刻的担当。选择这条路，就意味着他们要抛开一切，把余下的生命燃烧掉，直到最后与志同道合的人死在一起。

然后，把目前已有的证据和猜想原原本本告知各国政府，由他们来决定是否告知民众，科学家们不会提供任何建议。结局已定，任何建议都是对的，任何建议也都是错的。

沈承真没有参与登录计划，他把这件事全权交给了儿子沈音，自己则承担了更大的责任。他作为同源集团的掌舵人，向官方说明了一切。同时，他也将与官方合作，全力延缓病毒传播的速度，直至找到战胜方法，或者牺牲在抗争的路上。

"你是不是对我很失望？"沈音说。

"正相反，我对你很满意。"沈承真说。

这是父子俩说的最后两句话。之后，他们背向而行，各自担负自己的责任和使命，去寻找那一丝的朦胧生机。

很难说是参与登录计划好，还是放弃一切去陪伴家人更好。在生命的最后时刻，似乎做点儿什么都是一种浪费，也都毫无意义。

钟献的电话，就是对徐景炎发出的邀请。

"虽然我们现在身体没什么症状，但可能已经都感染了。"徐景炎说。

"哦，这你就不用担心了，研究基地里面已经有十分之七的工作人员出现了症状，很快大家就都会感染。"钟献像唠家常一样，"你是不是想问，这样下去，研究怎么进行？这其实比较简单。V病毒确实厉害，但现在的医疗技术也并非毫无还手之力。虽然无法战胜它，但减少痛苦、延长死亡期限的手段，我们还是有一些的。根据现在的研究成果，延长的期限会因为不同人的体质而有所不同，最长的可以达到一年。"

"强行续命？"

"对，可以这么理解。只可惜一年已经是极限，如果能延长二十年，人类文明延续的概率就会大大增加。"

"已经很厉害了，这可是硬生生地延长了好几倍。我去能做什么？"

"不需要你做什么，邀请你是因为你是吹哨人。如果不是你天马行空的脑袋猜中了病因，等我们回过神来，就真的什么都来不及了。"

"知道了又能怎样？不影响结局。"徐景炎摇摇头。有些事情就是这样，不知道是遗憾，知道了是负担。

"当然有影响，你为我们争取了宝贵的反应时间。"

"这不是我一个人的功劳。"

"哦，对。我差点儿忘了，还有那个叫魏雨晴的警察，如果她也愿意来，我们也欢迎。"钟献话锋一转，"不过，我也提醒一句，一旦进入基地，就表示在这仅剩的不太长的余生里，你都放弃了自由。"

"我去，"徐景炎很果断，"不为其他，我只想亲眼看看，这个火种能燃烧多久。"

徐景炎来到了魏雨晴的家，把这件事跟魏雨晴父女说了。然后走到了门外，等他们做最后的决定。

"你去吧。"姚崎说。

"你可以跟我们一起去。"魏雨晴说。

"那里不需要我。"

"那你？"

"我可是个人民警察，而且是这个世界上少数几个知道真相的人民警察。我会回到我的岗位上，看看还能做点儿什么。退休这段时间真无聊死了，真太怀念当警察的时候了。"姚崎说到这里，居然隐隐有点儿兴奋起来。

"可是……"

"没有可是，越是时日无多，越要做重要的事。"

"您把我养大，我还没孝敬您呢！"对话到这里，魏雨晴已经泪眼汪汪了。

"他们说，天下只有一种感情以分离为目的，那就是父母与子女之间的感情。你找到了自己想要的生活，也找到了自己要做的事，这就足够了。景炎是个好孩子，你们要做的事也更重要。"

魏雨晴泣不成声，她知道姚崎是怕耽误她，怕绑住她，不想让她仅剩的生命都消耗在这种虚无中。

料到时间差不多了，徐景炎推门进到屋子里面来，情绪混乱的魏雨晴一下子抱住了他。

"景炎，照顾好雨晴。"说完之后，姚崎把徐景炎拉到一边，小声说，"已经没剩几天了，你俩做个伴吧！"

徐景炎一愣，看着姚崎，不知道如何回应他。

没有等他回应，姚崎就催促两人上了车。看着两人的车越走越远，姚崎自言自语道："走吧走吧，走了，还有点儿希望活下去。"

于是徐景炎和两个女儿，还有魏雨晴，一起前往基地。徐景炎开着车，两个小姑娘靠在魏雨晴的身上，坐在后排。一行四人向着基地的位置开去。尽管疫情已经很严重，但社会的一些基本供应还在，比如导航系统还能用。看来大部分人都还不知道，事情究竟严重到了什么程度。车子行驶还算顺畅，只是沿路无论是城市还是乡村，都罕见人影，无比安静。接下来，这人间是会变成炼狱，还是会就这样悄声死去，徐景炎也猜不透。

基地在距离城市 200 公里左右的地方，把位置选在这里，就是因为地处偏僻，少有人来。等徐景炎他们赶到时，沈音带着一个外国人，已经站在那里了。徐景炎下了车，沈音也迎了上来，两人对视一笑。

"走吧。"沈音歪了下头。

"车停哪里？"徐景炎问。

"就放在那儿吧，反正以后用不到了。"

"车里还有东西，得搬下来。"

"你带什么了？"

"不知道你这里存的食物够不够，我把我们的存货都带来了。"

沈音诧异着走到车尾，打开后备厢一看，嚯！满满当当，一点儿空间都没有了，放的大都是些能保存的东西，比如罐头、坚果……最让他觉得不可思议的是，里面居然有一箱苹果。他看了看徐景炎，上手打开箱子，从里面拿出一颗最红最大的，咬了一口。这大概是他吃过的最好吃的苹果了，新鲜、清脆、汁水饱满、甘甜爽口。不过瘾，他又咬了一大口。

"我就说叫你来绝对亏不了。这些东西先放这儿,一会儿我让人过来拿。"沈音几口把苹果全填到肚子里后,从口袋里掏出纸巾,一边擦手一边说,"我先给你介绍一个人。他知道你要来,特意跟我出来迎接你。"

徐景炎往沈音指的地方看去,是一个白胡子外国人,有点儿眼熟,但完全想不起来是谁。见徐景炎望向这里,那人快步走上来。他年龄已经很大了,步子很僵硬。还没等沈音介绍,他就伸出手来,先说了一声"对不起",又说了一声"谢谢你"。当然,都是英文。徐景炎完全不知道该如何应答。

似乎很满意这个场景,沈音慢悠悠地前来解围。"这是艾维教授。"见徐景炎还是皱着眉头,"霍普金斯大学的。"

徐景炎猛然想起来了,这就是发明超级基因编辑技术的那位科学家。

"他知道是自己的研究给人类带来了灾难后,十分自责,把自己看成是全人类的罪人。而你是第一个发现问题根源的人,否则我们可能都死光了,还不知道是因为什么。"沈音语气有些沉重,"他知道我在做意识上传的事,特意过来帮忙。知道你要来,他就一定要过来迎接。"

"他没错。"徐景炎说。

"我知道。"沈音说。

"艾维教授,您好。"徐景炎回应艾维的握手,"您不用道歉,这不是您的错,基因的研究已经这么深入了,触发自毁机制只是早晚的事。只要我们不放弃科技的进步,就不可能躲开。至

于感谢，您就更不用了。我没能救得了任何人，更没能阻止 V
病毒扩散。"

"但这件事的源头毕竟在我。"艾维教授用英文说。

"两位，这种过去的事，你们可以一会儿再聊，咱们得先干
正经事。"

艾维点点头，徐景炎则有些茫然。

沈音嘴里说的正经事，就是给一行四人做检测，看一下几
人的感染状况。这的确是正事，徐景炎赶紧带着三人跟着沈音
往检测区走，一边走，沈音一边给他介绍。


这个研究基地总共有三栋建筑，都只有三层。一栋用来制
药；一栋供衣食，其中有两个专门存放物资的仓库；一栋用来做
实验。从表面看，这里真的是平平无奇，外墙老旧，样式传统，
与普通村庄无异，但医学研究所需要的东西一应俱全。这应该
是特意为之，不至于让整个基地太显眼。所有关于登录计划的
研究设施都在地下，用水来自地下水层，用电来自地热，整个
基地完全能够自给自足。时间能有多长不好说，但徐景炎可以
肯定，直到这里的人都死光了，基地还能继续正常运转。

"这儿比我想象的大多了，研究方面的设备也很全。"徐景
炎说，"亏我还担心你这里存粮不够呢。"

"干买车不加油？你也太小看我了！"沈音笑着说，"不过，
我还真没存几筐苹果。"

"早说，我就多带一箱了。"

沈音一笑，转过脸看着前面说："到了。"

他们来到了实验楼的二层。不知道怎么的，徐景炎一下子紧张起来。人真是一种奇怪的动物。一天前，徐景炎已经放弃挣扎，准备平心静气地赴死了。但现在，要从科学的角度看一下自己的身体具体病到了什么程度，他反倒紧张起来。他再也不能欺骗自己，再也不能假装问题得到解决了。

跟他同样心里七上八下的，还有魏雨晴。露露和瑶瑶懵懵懂懂地知道世界变了，但现在跟着父亲，还有魏阿姨，就什么都不怕了，只安安静静地跟着。

沈音把他们带到了医务室，挨个儿给四人抽了血，送到了检测室。检测需要半天的时间，他们暂时算是自由了，可以踏实出口气了。沈音要去钟教授那里拿些东西，正好徐景炎想见一见钟献，就一起去了。魏雨晴带着两个小姑娘，一路奔波早就累了，就去了她们住的地方。

两人七拐八拐来到一间屋子前，沈音敲了两下，就听到钟献低沉的声音让他们进去。徐景炎推开门，一眼就看到了低头伏案工作的钟献。距离上次见面其实还不到半个月，但钟献明显苍老了很多，眼窝深陷，皮肤苍白。

"钟教授，景炎来了。"沈音说。

"景炎！"钟教授抬起头，露出了微笑，"你来得可真快。"

"反正现在也没其他事要忙。"徐景炎说。

"哦，对了，景炎给你带来了好东西。"说完，沈音从上衣兜里掏出一颗苹果，不知道他什么时候偷揣进兜里的。

"苹果？！的确是好东西。"钟献手里转着苹果，然后从书桌里面掏出一盒药来，"给你，三天的量。"

沈音顺手拿过药，十分熟练。徐景炎诧异道："你生病了？"

沈音像看傻子一样看着他："这世上还有没生病的人吗？你别这么看我，你也好不到哪儿去。"

沈音手里拿的是同源研制的药，可以延缓 V 病毒感染。每一个来到研究所的人，都会先接受身体状况检查，确认感染程度，然后按照需要配药。沈音拿了药，把徐景炎留在这里，去忙自己的事情了。

看着瑶瑶的救命恩人，徐景炎异常心酸："钟教授，您看起来可不太好啊。"

"整个世界都病成这样了，我怎么可能好？"钟献摇摇头，"不说这个，你现在没事是吧？走，带你去研究室看看。我有些话想跟你说。"

"好，我们边走边说。"徐景炎说。

15 年前，钟献就已经开始研究意识了。在沈音的支持下，整个研究所的配置越来越高，研究手段也越来越多样。登录计划的主研究区是在地下。钟献带他进入电梯，直达地下。徐景炎没想到这里面有这么大，设施之齐全，设备之高端，都是他前所未见的。

"钟教授，你们现在研究到哪一步了？"徐景炎看得眼花缭乱。

"哪一步？"钟教授反问了自己一句，"10%？50%？

90%？说实话，我也不知道。"

徐景炎哑然。

"或许很难理解，但这就是事实。"钟献笑着说，"意识到底是怎么诞生的，现在还不知道。其实只要这个问题解决了，上传的问题也就解决了。它诞生的条件究竟有哪些，一直是个谜。但我们都有一种感觉，现在没有突破，并非技术水平的问题，而是遗漏了某些方面。可以说，眼前就是一层窗户纸，但就是怎么也戳不破。"

"所以，强行延长的这一年生命，目的只有一个，捅破这层窗户纸。"

"是，但究竟能不能捅破，很难说啊。"

"我能做点儿什么？"徐景炎已经决定要把余生都奉献给这个伟大的计划，但惭愧于自己的专业水平，"不过，恐怕你们需要的专家已经足够了，专业性上每个人都比我强。"

"我们不缺生物专家，但缺你这样的。"

"我？"

"对，你。你比自认为的要厉害多了。"钟献说，"我要跟你说的，也是这个事。"

"研究所现在有 700 多人，绝大多数都是科学工作者，后勤和安保人员只有几十个。"

"还有安保人员？"

"当然有，登录计划是国家支持的项目。无论哪个部分都有很多人在研究，这是研究所的优点，也是缺点。我们在科研的思维定势里面跳不出来。"钟献说，"我们很需要你，你的思维跟我们都不一样，这就是你的价值。你严谨而大胆，敢想，也勇于求证，从 V 病毒的研究上就能看出这一点来。这就是我们需要你做的事情。我们希望你能从非科研的角度判断一下，找到捅破窗户纸的办法。"

"我？"徐景炎问钟献，也是在问自己，"我担不下这么大的责任。之前的 V 病毒完全是误打误撞。"

"那就再撞一次。"钟献说，"你不用有多大压力，在这种灭绝级别的灾难下，没有谁是英雄，也没有谁一定能救人类。我们在做的事同样如此。景炎，认真做，不用管结果，也不用管对错。生死固然是大事，但都不归我们管。"

"尽人事知天命！"徐景炎点点头，"我会去做的。"

在生命的最后阶段，徐景炎终于找到了除了做一个好父亲之外，更有意义的事。


此时两人走到一间巨大的机房，一台台主机嗡嗡作响，如木桩般层层排列。"这些机器正在存储这个世界的数据，如果我们的估计没错，人类世界很快就会瘫痪，到时候电路、网络等全都会消失。现在能存下来多少，就存多少。这些年来，存储技术进步很快，要不然，这么一个小机房真的存不了多少东西。我们现在已经存储了几十亿个 T 的数据，但距离装下这个世界还太遥远。V 病毒爆发之前，每个人都活在线上，全世界每天产生的数据就有几千万 T，好在这些数据大部分都没什么用，我们就挑选值得的，存储下来。我们本想把机房做得大一点儿，但没有时间了。"

"存这些有什么用？"

"如果人类最终还是灭绝了，至少这些信息能够证明人类文明存在过，它是这个样子的，它包含这些内容。虽然这些数据可能永远无法被解读，也没有人去解读，但总是个希望。希望是这个世界最好的东西，它会让我们忍受一切，坚持到底。"钟献话锋一转，"当然，这也是我们研究登录计划的资料库，你如果需要什么，也可以来这里找。"

机房在研究室最深的地方，闪烁的黄光宛如呼吸。徐景炎想起了蚁后，深藏在地下，从不见阳光，却是蚁群的核心。这就是人类所有经验的记录处。看着这些，徐景炎忽然想到沈音。就冲这间机房、这个研究所，沈音就不是一个简单的富二代。如果给他点儿时间，他一定能给世界带来点儿什么。

"还有什么？让我再吃惊一下。"徐景炎完全放松了下来。

"还真有，我带你去看一个朋友。"

朋友？我在这里还有朋友？徐景炎脑子里犯着嘀咕，脚下跟着钟献，拐到了另外一个房间。里面有各种仪器，显示器铺满了一面墙，上面闪烁着各种颜色的光。仪器正前方摆放着一个玻璃箱子，里面是水——这不重要，重要的是水中有一个人类的大脑。在一个研究意识的基地看到一个人类大脑，这太正常了，徐景炎没当回事。他环顾四周，问道："哪个朋友？"

钟献冲着玻璃箱点了点头，见徐景炎还是没反应过来："箱子下面有两个字，你去看看就什么都明白了。"

徐景炎走过去，蹲下来，看到那里端端正正地写着两个字：泰山！徐景炎全身的汗毛都竖了起来，回忆如潮水般翻涌而来。这是那个可怜的孩子的大脑。他眼前浮现出了泰山惊恐的眼神和茫然的挣扎。

"他怎么会在这儿？他不是死了吗？"徐景炎的眼睛湿润了。

"说来话长。"或许是走得太多了，钟献十分疲惫，就近坐在了一把椅子上，"炸弹爆炸的时候，我被你推进了房间里，躲过一劫。但你和泰山都受了重伤。你最后缓了过来，可泰山没有。爆炸的碎渣戳进了他的肺和心脏。但万幸的是，他的头没受什么致命伤。于是，在泰山还没彻底死去的时候，我们把他的大脑摘了出来。就是你看到的这个样子。"

徐景炎顺着钟献的手势，看向那个大脑，他感觉一阵恶心，但还是硬生生憋了回去。"它是活的吗？"

"是，他的大脑还在活动。只是……"钟献长长地"嗯"了一声，"只是这种活动处于无序状态，这个大脑发出的信号非常杂乱，根本分辨不出什么有价值的信息。"

"这也是研究的一部分吗？"徐景炎说。

"是，"钟献点点头，"这是一个没有自我意识的人类大脑，也是世界上唯一一个。"

徐景炎往前走了两步，距离玻璃箱更近了一点儿，这次连大脑上的沟沟壑壑都能看得清清楚楚了。他盯着这一团灰白，似乎看到它的表面正在微微起伏。这算活着吗？他问自己，但找不到答案。

徐景炎还沉浸在回忆中的时候，钟献又把他带进了另外一个房间，说："这里才是真正的大手笔。"

眼前的场景让徐景炎怀疑自己是不是穿越到了未来，有一种强烈的不真实感。屋子的墙壁上满是电路和设备，闪着冰凉的金属光泽，一些红色、黄色和绿色的灯有节奏地呼吸着。这让他想起了科幻电影中的战舰。但这一切与中间的物体相比，都显得平平无奇了。屋子的正中间有一个大脑，准确来说是人造大脑。

这个大脑约有两米来高，形状与人脑如出一辙，甚至上面的沟壑和分区也与人脑极其相似。大脑整体外观上散发着金属质感，不同区域的连接处闪着暗暗的白光，如活物一般。徐景炎久久挪不开眼睛，恍惚间似乎看到这个大脑在动。科技已经发展到这种程度了吗？

"这是？"

"电子脑，主要结构是二维材料，用来模拟神经网络。"钟献说，"二维材料有种神奇的属性，它们会堆垛在一起，形成新的结构。电子脑里每时每刻都有电流流过，这种电流模拟的是人脑活动时的电信号，可以改变二维材料之间的连接。这个过程模拟的是记忆和意识的产生。这个大脑里总共有 100 亿条纳米线，虽然距离人脑的 150 亿个神经元还有些遥远，但已经是目前的极限了。而且体积只能这么大了，无法再缩小。如果要做到大脑的精细程度，估计至少要在五十年之后，但我们没有这么长时间了。从这方面来说，生命绝对可以说是奇迹。登录计划实施后，电流刺激实验每天都在做，用来研究学习、记忆，当然还有意识。"

太震撼了，徐景炎抱有的必死之心，此时忽然有了一丝动摇。

"它真的能产生意识吗？"徐景炎问。

"逻辑上没问题，而且有证据。"

"还……还有证据？"

"大脑就是证据啊！"钟献说。"意识是由大脑产生的，大脑的存在本身就证明了，实际的物质可以产生虚无的意识。所以说，机器当然可以产生意识，只是我们没找到方法。"

从进入基地的那一刻起，徐景炎就不断刷新着自己的认知体系。这一路所见，让他不禁肃然起来，他对沈音、钟献和同源的认识又更新了。

"钟教授，能与您一起做事是我的荣幸。"徐景炎诚恳地说。此刻他已经决定，要全力以赴，为登录计划开路。

## 2.

看到自己的检测报告的时候，徐景炎和魏雨晴心都一沉。两个大人和两个孩子四个人都已经感染了 V 病毒，而徐景炎和魏雨晴两个的病情是最严重的。瑶瑶虽然做了基因手术，但是没有触发致病机制，甚至是几人中感染程度最轻的。看到了最终结果，两人七上八下的心神反倒平静下来了。他们再也不用想着什么时候会死，只想着怎么活就行了。

尘埃落定，他们的生活开始变得无比规律。徐景炎接受了钟献的委托，开始寻找打开死门的钥匙。他沉浸在文明的成就中，不断查找、阅读、思考。时间，还是时间的问题。他所剩下的时间本就无几，而这仅有的时间也随时可能被死亡收回，他只能不停地去寻找。魏雨晴则完全闲了下来，她警察的能力在这里派不上一点儿用场，自然地担起了照顾小孩儿的责任。她知道徐景炎在做的事，也知道自己帮不上忙，便不去打扰他。

整个基地都在高速运转，为了一个渺小的希望。

只是，由于死亡的拜访，整个基地显得异常悲壮。经过检测，可以确认基地中已经没有未感染者了。每个人每天在领取自己的生活物资时，都会同时领到一份药——就是沈音从钟献办公室拿走的那种。如果是在武侠故事中，这就是价值连城的续命丸。但在此刻，续命药成了挣扎的代名词。每个人的体质特性不同，服用药物之后，发挥出的药效也不同。也就是说，尽管每个人都服了药，但不是每个人都能成功续命。在这里，死亡每天都在发生。

但对这种结果，人们早有预料，已经没有人感到恐惧。一个人死去，会有人很自然地替代他的位置，继续研究下去。

这种死亡游戏让徐景炎感到一种无力感，他把自己全部的时间都用来思考，身体肉眼可见地迅速消瘦。一晃两三个月过去了，徐景炎还没有任何头绪。


一天，徐景炎一睁开眼，就看到魏雨晴坐在床边。花了半分钟，他才发现自己是在病房里。又花了一分钟，他才回想起来，自己在研究室看着看着屏幕，眼前一黑，就晕了过去。

"醒了？"魏雨晴开着玩笑，"在咱们这个基地，晕了还能醒过来的人，还真不多。"

徐景炎想爬起来，但身体发软，一用力就会眼前发黑。

魏雨晴一把把他摁在床上："今天放你一天假。钟教授说的。"

"钟教授？"

"对，就是我说的。"钟献的语气听起来很生气，"你这样根本找不到解决办法。本来就没几天活头了，你还要抄个近路。我把事情委托给你，是因为你思维灵活，但现在看来，你似乎比我们钻牛角尖钻得还深。今天你什么都别做，把自己放空一下。明天有活动。"

"活动？"徐景炎前面都听明白了，就最后一句话没太懂是什么意思。

"有场婚礼。"

"婚礼？！"徐景炎抬头看了看魏雨晴。

"是沈音和姜愉。"

徐景炎哑然失笑，心念着"好事好事"！见他这样，钟献放下心来，转身走出了病房，但没过几秒又折了回来："要我说，你俩也一起办了吧。反正你们现在也跟小夫妻差不多。"说完就消失了。

钟献这话说的并不夸张。徐景炎一心想找出挽救人类文明的办法，完全顾不上其他，魏雨晴一身本领却无用武之地，除了照顾两个小姑娘，还帮徐景炎打理居所。如果在以前，这就是典型的模范小家庭。钟献走后，房中的两人多少有点儿尴尬。一阵沉默之后，徐景炎首先打破了宁静，他望着魏雨晴说："我觉得可以欸！"

魏雨晴轻笑了一下，没有说话。

怎么不可以？她才30岁，还没结过婚，还没体验过妈妈的角色。她的一生一直在同犯罪打交道，从没想过自己想要过一种怎样的生活。可当自己想到这件事的时候，生命已经只剩下最后一程。她忽然感觉很累，一种无法疏解的累。她好想在这烟火人间做一次普通人。哪怕只有几天，也算为自己活过。

回想起与徐景炎合作的那段时间，两人一起过关斩将的时候，还是挺开心的。这算爱吗？似乎不是，但是不是爱，似乎也没那么重要。

从形式上看，很难说这是在举行婚礼。

没有婚纱、没有酒席、没有司仪，看不出魏雨晴和姜愉是新娘子，更看不出徐景炎和沈音是新郎。在研究所建筑之间的水泥地上，只是平放着几张桌子，上面放着一些吃的喝的。这个时代，死亡已经如三餐一样平常，所以婚礼显得异常少见。研究所人员的一半以上，大概三百人都来参加了这场婚礼，见证新人的结合。钟献是两对新人的证婚人，他还写了一段简短的致辞。沈音也下了血本，把酒库里面的酒差不多搬空了，这也是整场婚礼唯一的奢侈。

徐景炎和沈音从同学到朋友再到合作伙伴，自然相熟。而魏雨晴和姜愉的间隙早已经消失了——死亡的威胁会消解所有的隔阂。这个不大的广场，很快就沉浸在一种欢快的氛围中。最欢喜的莫过于瑶瑶和露露，她们有了一个家，父亲、母亲、姐姐、妹妹……每个人都找到了属于自己的那个身份。哪怕即刻死去，也没什么遗憾了。

每个人都在尽情享受这一刻，因为每个人都知道，从此刻直至死亡，都再也不会如此欢快了。

214

*3.*

　　在徐景炎看来，他们后续的日程早就写好了，只有两种可能。一种是他们突破了意识上传的技术难关，基地幸存的人的意识上传到了网络，人类文明得以以另外一种方式延续。另外一种是没有奇迹，基地的人陆续死去，直至最终完全消失。无论哪一种，都是平静的。但他错了，历史早已经证明，没有人可以预测未来。

　　婚礼的第二天，徐景炎还没睡够，就被一阵嘈杂声吵醒了。睁开眼，床上没有魏雨晴的身影。他穿好衣服，来到窗子边，向外望去。两拨人正在对峙，其中一拨是基地的工作人员，很多人的身影徐景炎都很熟悉。而另外一拨人有男有女、有老有少，着装也不整齐，看起来非常疲倦。徐景炎对他们很陌生，但看得出对方来者不善，双方的气氛很紧张。正当他疑惑时，魏雨晴打开门走了进来，跟进来的还有莫思铭。

　　"出事了。"还没等徐景炎问，莫思铭就直接说了。

"这些是什么人？"徐景炎问。

"已经感染，但是还没有死的人，他们想进基地。"莫思铭说。

"那我们……"

"沈总明确交代：无论如何，决不能让他们进来。"

从同源拯救了父亲的那一刻起，莫思铭就决定为同源付出自己的一切。因此，他也同沈音一起来到了基地。莫思铭虽然不懂科研，但对现在的事态一直放心不下。虽然基地地处偏僻，但还称不上是个秘密，他每天都在想，如果遭遇危机该怎么办。于是，他不断走出基地，以洞悉事态情况，并寻找武器。

饶是见识过死亡，自己也亲手杀过人，目之所见，依然让他有些承受不住。人们一批一批地感染，一批一批地死去。除了V病毒，人们还会死于孤独、死于恐惧，也有人死于暴力。这让他极度不安。与戾气四溢的来自人间炼狱的人相比，基地那些科学家简直就是温顺的小绵羊。如果与他们发生冲突，基地恐怕难逃一劫。

枪这种原本严禁的武器，管理上已经松懈不堪，应该说已经没有人管了。只是，这些东西即使没人看守，也基本都锁在库里面，常人根本不知道在哪儿，更不知道如何打开军火库的大门。饶莫思铭是个军人，都费了相当一番周折，才搞到了一批枪。

在这种绝望的情况下，谁能给人以希望，谁就可以成为他们的领导者。比如，当一位医生说自己知道一个地方可以救他

216

们命的时候，求生的欲望让他们离开了奄奄一息的亲人，离开朋友的尸体，开始跟随他寻找生机。莫思铭亲眼见到，他们一路抢夺、搜刮食物，老者的哀求、濒死者的凄惨，都换不来他们的一滴眼泪。这是一群只为求生而没有底线的亡命之徒。幸亏这个世界的电力和网络都已经瘫痪，加上有更多人死亡、更多人绝望，这队人群才没有变得过度庞大。

在明确他们的目的地就是基地之后，莫思铭加快了脚步，提前回来与沈音商议对策。

此时，经过几个月的攻坚，钟献他们的研究终于有了结果，今天就是第一次进行上传的日子。艾维教授，这位白发苍苍且一直负罪而活的老人，执意要当这第一位实验对象。是否能够逆天改命，就看今天了。数百位科学工作者的拼命挣扎是否值得，也看今天了。这个世界上再没有什么比这件事更重要了。

"决不能让他们进来，不能让任何人影响钟献。"沈音说得非常坚决。

为了维持研究所内部的稳定，沈音开了一次头部会议——各个研究项目的主要负责人才能参加，明确了上传实验必须进行的决心。然后他又找到了莫思铭、魏雨晴和基地里为数不多的几个安保人员。此时，沈音暗悔自己没多配几个安保人员。登录计划是经过国家卫生健康委员会批准的，在知道这件事意义有多重大之后，委员会主任就专门询问过安全方面是否需要支持。当时沈音根本没有往心里去，谁能想到还能出这档子事？所以，他当时只是从同源带走了两三个安保人员。

不需要介绍，几个人已经知晓外面的世界究竟是何种样子，对即将到来的危险也有了预判。经过一番讨论，计划终于确定下来。沈音先谈，如果能说服他们最好，如果谈不拢，那只能以暴制暴。

　　如果需要，可以开枪。

　　他们理解人群的悲伤和绝望。好好的生活，因为一场灾难戛然而止。房子、汽车、声誉、地位、梦想、喜欢的人、憎恨的事……都归零了。他们用一生的时间所理解的世界，用一生的时间所追求的生活，消失了。还能期望他们怎么做呢？这种时候，恐怕原始的生存欲望会压倒一切公益道德、法律信条和人格底线，哪怕只能多活一秒钟，也会不择手段地去争取。

　　但他们几个人也并非圣母，孰轻孰重，无须多言。

　　他们要保护的是一颗火苗，虽然很微弱、很渺小，但可能是人类文明在这场绞杀中唯一的生路。原本基地就不能真正拯救这些人，就连基地自己都是由将死之人组成的。另外，除去善恶的论调，接纳这些人无疑会大大增加研究所的不稳定性，登录计划本就不高的成功率会降得更低。

　　生命的生存欲望是刻在基因里的，与生存同样重要的是繁殖。但文明的发展可能会让人因为某些东西而放弃这种本能，比如战场上赴死的士兵、冲进火海的消防员……究其原因，是文明在这两种本能上建立了新的规则。基因赋予的冷冰冰的兽行与文明衍生出来的温良的人性，有统一，也有对立。徐景炎似乎想到了什么，但他晃了晃头，现在不是胡思乱想的时候。

"有什么计划？"徐景炎听莫思铭说完问。

整个基地并没有设置高级别的保护措施。没有围墙，只有一圈一人多高的铁丝网，每隔十几米有一根钢筋混凝土柱子。归根结底，这堵围墙的设立只是代表了四个字——闲人免进，谁也没想到这里会成为最后的堡垒。就防御能力来说，这里基本不可能禁得住人群的冲击。

"只要会开枪的，都配上枪，包括魏警官。沈老板已经从基地挑出了几十号年轻体壮的，武器也都分了下去，大家各守一方。我到楼顶从上往下打，也会用对讲机跟大家保持联系、调整战术。"

"我能做点儿什么？"

"你还记得怎么开枪不？"

"差不多忘了。"徐景炎不是忘了，只是过不了自己这关，无论如何都说服不了自己真的开枪杀人，"而且我这枪法，纯属是在浪费子弹。"

"那你想点儿盘外招，比如上次在非洲用的毒毛。"莫思铭提醒道，"要小心，一定要小心，他们很危险。"说完，他背着长枪转身上了楼。徐景炎知道，他是去寻找制高点了。与自己相比，莫思铭完全可以称为高手。

"我要去西面了。"魏雨晴凑上来亲了徐景炎一下，"一会儿见。"

"千万要小心啊！"

"放心吧。对了，姜愉帮忙照看着露露和瑶瑶，她们都在地下实验室。"魏雨晴说完闪身走了。

徐景炎没有跟上去，基地的枪不够一人一把，他得想点儿其他办法才能帮助大家。


钟献和沈音看到对面的人群最前面有一个医生模样的人，这个人应该就是这群人的首领。此人约莫四十来岁，穿着白大褂，只是衣服已经变成了黑色。钟献和沈音都不认识他，猜测应该是个不知名的医生，不知道从哪儿得到了基地正在研究应对 V 病毒的消息，为了寻找一线生机，找到了这里。

"就是他们，我认得。钟献、沈音！他们早就感染了，可你们看，他们现在还活着，活得好好的。我没有骗你们，我们的病，他们能治。"

"事就是他们惹出来的，现在居然比谁活得都好。"

"杀人偿命！"

"我家人都死光了，我要报仇。"

……

随着一句一句的煽动，一条条手臂抬起落下，人群开始变得亢奋、狂躁、蠢蠢欲动。V 病毒爆发以来所有的愤怒、不甘、悲伤和仇恨，似乎都找到了发泄口。躁动的人群开始向门口聚集、推挤，大门剧烈摇晃起来。

"砰"！一声枪响。莫思铭在楼顶开了一枪。所有人都冷静了下来，但也仅仅是一瞬，人群又躁动起来。

"吓唬谁呢？！我不怕。"

"反正都是个死。"

"里面有什么这么怕见人？"

……

人群已经失去了秩序，沈音和钟献大喊着，想让人群冷静下来，但根本没人理睬。正在这时，又是一声巨响，伴随着枪声的，是墙头的混凝土块飞裂开来，碎块冲击了爆炸点周围十米内的人群。疼痛和眼前实实在在的威胁，暂时让人群冷静了下来。

所有人都知道这是警告。徐景炎知道，这是莫思铭开的枪。

"我们在做一件非常重要的事情，关系到每个人，绝不能受到打扰。请大家冷静一点儿。"后面有人递给沈音一把扩音器，他的声音传出很远，语气平和，但态度坚定。

"横竖都是个死，有什么可怕的？"人群里传出声音，但身影却没有动。

"这就是你们要进来的理由吗？"沈音换了个话题，"没人是为了跟我们拼命才来这里的吧？"

"有人说这里有药，可以治病毒。只要你们肯治，我们就能活下去。"一个女人说。

沈音摇摇头："我们没有活下去的办法。"

"那你为什么还活着？我认识你，你是同源老板，V病毒就是从你家出来的。"

"我们找到了一种可以延缓病毒发作的办法，感染者寿命最多可以延长半年。"沈音撒了一个谎，把一年说成了半年，他不想给这群人过多的期望，激起他们的求生欲，"这个过程非常痛苦，每天头都会疼。但也只是延缓，最终我们还是会死。"

"你们也会死？"

"会。这个研究所原本有八百多人，现在只剩五百多个。这几个月以来，每天都有人死去。"

"我们怎么知道你说的是真的还是假的？"

沈音刚要张嘴，钟献对他耳语道："景炎让尽量拖延一下时间。"

沈音略一低头，就当是点头了："我不知道该如何说，但我知道有个地方能证明这件事。"

"带我们去。"

"很抱歉，感染之后，我腿脚变得不方便了。"沈音心中暗道，傻子才会带你们去，"不过，你们可以自己去看，不远。

"那是个坟场。每个来到这里的人都知道，这里是他们的最后一站，至死也不会离开。基地里死去的人都会埋在那里。虽然我们在精神上都已经不在乎生死了，但依然没有办法无视物质层面的死亡。基地每天都会抬出几具尸体。最开始，我们还会举行仪式、念悼词。但我们很快发现，天天都有人死去，时间耽误不起，精力也耽误不起。于是，仪式就越来越简陋，每个人也不再哭了。后来，我们找到了更好的解决尸体的方式。

"研究基地周边有很多空地，我们就选中了一片，有山有树，有石有草，环境还不错。每个目前还活着的人会选好自己的位置，挖出一个可以容身的坑。待他死后，其他人会把他的尸体放进去，再埋上。这个地方就在西面，只有大概 400 米远。你们是从南面过来的，如果从西面来，你们就能看到了。

"每个人挖自己的坑，在坑底放上木板，那就是我们的墓碑，都是自己写自己的。鼓着的是坟头，每个坟头下都有一具尸体。还是坑的，表示人还没死。你们可以找人去看看。第二排的左数第三个坑位是我的，坑底有个木板写着'沈音'。你们可以看，但不要拿，我以后还要用的。"

这次沈音没有骗人，研究所确实是这样做的。坟场建成之后，徐景炎去过几次，都是去埋尸体。沈音的话让人群暂时冷静下来了。

每个人都在想，亲手挖掘自己的坟墓、写下自己的墓碑，是一种什么样的心情。

领头者也不再说话，他向身边的两个人耳语了一下，两人飞奔去了西面。


当沈音在外面与人群对峙的时候，钟献回到实验室，做着同样艰难的战斗。

意识上传是一个涉及多种学科的领域，数百人马不停蹄的研究总算有了一个结果。只是，他们没有时间做更多的实验，很多方面无法预料。于是艾维教授主动提出用自己做上传实验。每个人都知道他想赎罪，但没有人认为他真的有罪。

整个实验的准备阶段，艾维教授只说了一句话："无论发生任何事情，都不要停止实验。如果不能在那里醒过来，就让我在这里躺着死去吧。"他太老了，在基地又消耗了太多精力，没有第二次实验的机会了。如若失败，他甘心赴死。

实验室安静极了，压抑得让人喘不过气来。除了机器的轰鸣、屏幕的闪烁和偶尔脱口而出的指令，再无其他。艾维安静地躺在椅子上，头上布满电极，电子探针深入脑内，源源不断地采集着电信号，并输入一旁的仪器中。这台仪器是同源花费十数亿、数千科学家花费数十年才研究出来的——理论上来说，能把意识转化成数据。

但实验仅仅过去十分钟就出现了问题。艾维开始剧烈抽动起来，没有人知道这是什么原因。一位辅助医生手足无措，立即就要拆除他头上的电极，但是被钟献一把抓住："艾维不会同意你这么做的。"然而他还有一句话没有说，他们没有更多的时间停下来去完善实验步骤了。总是要有人牺牲的，只有尽可能去采集数据，艾维才不会白死。

艾维的抽搐很快就停止了，屏幕上的曲线也停止了跳动。钟献赶紧去检查成果，但是无论他敲动任何按键、按下任何按钮，人与机器都没有任何反应。钟献明白，艾维死了，他们失败了。尽管对这个结果早有预料，但他的身体仍然虚脱瘫软下来。对于精力消耗过大的钟献来说，一直支撑他坚持下去的那道信念，一直吊着他精神的那股绳，一直在心中燃烧着的希望，消失了。人总是这样，只要有目标，就不怕什么艰难困苦。可一旦这个目标没有了，就会茫然空洞。

希望，让一切都可以忍受。

与实验室里此时的绝望相比，外面则是另外一种危机。

跑去西面的两个人很快回来了，他们对领头者耳语了几句。领头者的眼神从震惊到阴险，他大喊道："西面没有坟场，除了一片树林，根本什么都没有。"

这句话震惊了所有人。

本已经被沈音稳住的人群又开始躁动起来，一种被欺骗的暴怒情绪迅速蔓延。而沈音他们更是震惊于领头者敢明目张胆地撒谎。他们恍然大悟，真相对领头者来说并不重要。他是依靠谎言把人群聚集起来的，如果让人群知道真相，那所有的愤怒会全部集中到他一个人的身上。所以他只有一个选择——撒谎，弥天大谎。沈音恨得牙根直痒，他平生最恨这种为了一己之私，挑拨离间、罔顾人命的人。他恶狠狠地盯着领头者，领头者则以狞笑回应。

这些半死不死的流民疯狂想往里面闯，不管真相究竟如何，他们已经认定这里面种着他们的救命稻草。沈音急速退回到房间里，通过对讲机提醒各个地方做好准备，然后咬着牙跟莫思铭说："杀了领头者，他该死。"

他的话音刚落，莫思铭的枪就响了，一枪爆头，领头者为他的行为付出了生命的代价。但此时，真相与谎言已经纠缠不清，围栏内外也已经无法和解。

近千人从四面八方开始往里面闯，撞门、翻越栏杆，就像抢劫犯一样，无所不用其极。人群已经在呼喊中失去了理性。疯狂的人群犹如出笼的丧尸，不顾一切地蜂拥而至。

人多的一方不畏死，人少的一方有武器，这场面看起来的确有些残忍。徐景炎用沈音争取的时间做了一件事——给墙头的电网通了高压电。而后他又从实验室搬出了各种试剂，开始调配。实验室就是一个小型的弹药库，一个个会爆炸的、会释放毒气的玻璃瓶源源不断地送到"前线"。它们虽然都不太致命，但会让人疼，让人痒，让人苦不堪言。

　　化学试剂和电网延缓了人群的速度。然后，枪开始收割生命。事情进行到现在，每个人心里都没有了顾虑和底线，下手也越来越重。起初只是因为基地大部分都是科研人员，缺乏战斗意识，更下不去手，形势才焦灼起来。不过，有莫思铭和魏雨晴领头，局势很快就稳定住了。

　　这群疯狂的、时日无多的、病入膏肓的、毫无合作的、没有技巧的乌合之众很快就明白了，他们闯不进去。

## 4.

此时，钟献来到了基地正门。徐景炎一眼就看出，意识上传的实验失败了。同时，战场也平静了下来。这种对抗对伤害和被伤害的双方都是巨大的压力。人群很快就崩溃了，一方面是因为基地人员的反击，一方面是他们找不到继续对抗下去的理由。

沈音、钟献、徐景炎三人看着这一片狼藉，心情复杂极了。

"这里的事情我处理，你们继续研究去。"两人对望了一眼，点头答应。沈音又掏出对讲机："老莫，你下来了吗？跟我走一趟。"

沈音找了几个人开始收拾残局。首先，他们把尸体都装到运输车里，然后给人群中受伤的人进行了简单的包扎和治疗。最后，他们把还能动的人移送到了围栏之外。

沈音说："基地有人死了，我一会儿要去坟场把他埋掉。还是不相信我的，可以跟着去看看。"

几个人把艾维的尸体运了出来，尸体推车咕噜咕噜，从地下到地上，从屋内到室外，一直推进一辆运输车里。车子缓缓开动，沈音没有上车，就在下面走着，莫思铭跟在他的旁边。他们在前面走，人群中十几个没有受伤的人在后面跟着。从出门到坟场，沈音一个头都没有回。

　　坟场在一片平坦的空地上。一眼望去，一个个密密麻麻的坑穴、一座座鼓起来的坟头、一排排写着名字的木板透露着一种悲壮，让人不禁有些脊背发凉。车开到一个坑前停了下来，沈音和几个人一起把艾维的尸体搬下了车，莫思铭下去，把写着艾维名字的木牌捡了出来。放下尸体，填土。整个过程没有人说一句话，但几个人都掉了眼泪。

　　他们忙完之后，发现人群都已经呆住了。沈音看了人群一眼，说了一句话："我们要回去了，如果不嫌弃，可以坐这辆运尸体的车。"

　　人群中的人你看我我看你，陆陆续续都上了车。

　　车停在了大门口，把人放下来后，开进了基地。不多时，沈音又推着一辆小车出来了，莫思铭还是跟在后面。小车上除了堆满的食物和水，还有三把铁锹和一串钥匙。

　　沈音把车停在了门口，说："这里有些食物和水，你们分分。我们的情况，你们都已经看到了。如果你们想走，这里有几把钥匙，基地的北面停着一些车，你们可以开车走。如果你们想留下来，我们也很欢迎。不过，首先，你们要拿铁锹去西面的坟场，找个地方把自己的坑挖好再回来。"

沈音说完，关上大门，回到基地里。

徐景炎和钟献往实验室走的时候，正好迎面遇到几个工作人员推着艾维教授的尸体出来。两人悲痛不已，但没有停下脚步，他们径直走到地下——登录计划的中心实验室才停下来。

"钟教授，你之后有什么计划？"

"没有什么其他办法，只能继续做实验，直到这个基地的人都死掉。"钟献的语气宛如赴死。

"我在想有没有一种可能，意识上传失败的原因并不是技术有问题，而是其他地方。"

"哪里？"

"基因不允许。"徐景炎说。

"什么意思？"

"就是表面意思，基因通过一些手段阻止意识上传。你别这样看着我，基因可以把炸弹埋在人体里千万年，还有什么不可能？"

"为什么这么说？"

徐景炎抿着嘴："我一直在想一个问题：为什么预设是现在被激活，而不是之前或者之后？为此我不断在了解进化史，了解科学，了解基因，这些东西搅在一起，我之前根本理不顺……但是昨天我喝了点儿酒，昏睡一晚之后，有了一个想法。

"除了复制自己以外，基因还另有目的吗？在历史上，这个问题被提出过很多次，但从来没有人能给出答案，更没有人能拿出证据。但 V 病毒的出现，给了这个问题一个可能的答案。V 病毒为了阻止人类修改基因、控制基因，不惜开启预设，毁灭自己创造出的最成功的作品——人。很明显，它不想让人类这样做，这也就表示基因有它自己的目的，只不过人类的发展走向不符合它的既定目的。

"虽然还猜不到，但可以确定它的确有一个目的。

"那生命到底是一个什么角色呢？大概率真的如一些人提出来的那样，是复制基因的机器。复制和突变搭配生存和繁衍，在时间的作用下，催生了无数 ATCG 的排列组合，衍生出了纷繁的物种。这应该是基因想看到的结果：生命的种类越多，在基因的延续上、在更多碱基对组合的创造上，花样就越多。这就不得不提到竞争，竞争让环境更复杂，给基因带来了更多的变数，也带来了更强的适应力和生命力。

"生命在相当长的时间里，都是这样缓慢进行的。这种有利于基因延续的变化，基因不会阻碍，自毁程序的预设不会激活。

"每种生物都有自己的救命稻草，或是谋生本领，或是掠食手段……只有一种生物，剑走偏锋，却凌驾在了所有生命之上，这就是人。人的进化、人的强大，并不体现在力量、牙齿、体型上，而是在大脑上。为此，人牺牲了其他的一切，褪去了皮毛、萎缩了肌肉、稀松了骨头、磨平了牙齿、薄润了皮肤……但是，产生了意识。意识是大脑复杂到一定程度之后产生的，它本质上还是为了帮助生命赢得竞争，在进化道路上走得更远。

"这还是有利于基因延续的，基因不会阻碍，自毁程序的预设还是不会被激活。

"然后就是文明的诞生。意识和文明是谁在前、谁在后的呢？我有了新的想法，这个一会儿再说，也许这里有我们最终的解决办法。

"地球上的生命何止千万，但只有人类创造出了文明。文明有一个很官方的定义：人类历史积累下来的有利于认识和适应客观世界、符合人类精神追求、能被绝大多数人认可和接受的人文精神、发明创造的总和。

"家族、习俗、语言、文学、艺术、城市、历史、哲学……当然还有社会制度——一个可以让几十亿人按照同一种秩序运转的发明。与文明相对的是原始、是蛮荒，文明会通过一系列的概念，比如是非观、道德观、荣誉、法律等，重建秩序，压制原始本能。从根本上说，基因和文明是互相制约的。但不管怎么说，文明还是处于劣势，还是建立在蛮荒基础之上的。文明一旦消失，原始秩序就会重新支配人类——比如墙外的那些人。

"文明还是为了帮助物种更好地生活下去，这还是有利于基因延续的，基因不会阻碍，自毁程序的预设还是不会激活。

"但这些在科技的加持下，变了。

"无论是意识还是文明，都是进化的时候自然而然产生的。但文明有一个重要的方面——科学，它具有巨大的力量，改变了一切。人类科学的进步，是随着时间一点一点积累起来的。科学的存在也只是为了帮助人类更好地活下去，但科技的进化远比人类的进化要快。其实，这几千年来，人的本性并没有什么变化，变化的只是形式，而科学的进化却一直在加速。

"有了科技的加持，文明让基因感到了威胁。V病毒的出现，就是基因用来对付文明的。

"如果把基因比喻成监狱，人是罪犯。那修改基因就是人想从囚犯升级到狱卒，意识上传就属于越狱了。这两种情况，基因都不会允许发生。就如同V病毒的爆发不是科学技术的问题一样，意识上传会失败，也不是技术方面的错误。"

"如果真相真的如你猜想的这样，那……也就是说，我们做什么都没用。基因会打开一个又一个预设，阻止上传。"钟献说。

"我是这样认为的。但是我们还有一个办法，一个不是办法的办法。

"您还记得我们第一次去非洲的时候，您提的那个问题吗？"徐景炎陷入回忆，"肉体和灵魂，如果只能选一个代表人类文明，是肉体——这个自然进化的奇迹呢？还是灵魂——这个文明进化的奇迹呢？"

钟献点点头，他回想起了当时的情景。

"当时我给不出答案。如果肉体和灵魂真的可以剥离，那我会选择灵魂代表我自己。我的记忆、思维、观念、知觉……我觉得那些才是我。但如果进一步考虑，不管我的灵魂再进入哪个身体，用那具身体生出的孩子，都不是我的孩子。无论我怎么说服自己，都无法改变他体内不带有我原始基因的事实。在

232

自己和子代上，灵魂和身体的归属性没办法得到统一。

　　"人类文明也遇到了这个情况，只不过，现在我们面前的不是选择题。我们没有办法选择，是让人类的基因库代表人类，还是用所有的文明成就代表人类。摆在我们面前的是这样一个境况：我们的基因库很快就会消失，我们能延续的只有文明本身了。"

　　"可你看到了，我们做不到。"

　　"能的。

　　"饶是现在的科技可以让人上天入地、易天改命，但我们对大脑的认识仍然十分有限。记忆、意识、知觉、情绪、思维……没有一样被研究清楚。当然，这些问题都有一个根源——意识的产生。科学研究普遍认为，意识是大脑复杂到一定程度后自然产生的。但您通过实验得知，泰山没有意识。他有大脑的结构，但没有产生意识，他欠缺了一些东西。

　　"这个东西是什么呢？就是文明本身。泰山的成长过程中，没有一点儿文明信息的参与。

　　"这虽然是我的一个猜测，但逻辑上是通的。大脑在不断接收各种信息，这些数据在不断改变着大脑的结构。比如记忆，科学已经证实，记忆是通过改变、重建大脑神经元之间的连接来完成的。文明不断改造着大脑，为意识诞生创造了条件。

　　"一个合理的猜测：文明为混乱的无规律的大脑重建了秩序；有规则、有秩序的大脑活动产生了意识。

　　"我们原本想做的是把一个已经成熟的意识上传到网络，现在我们可以尝试另外一种思路。我们创造一个环境，让意识自然诞生。这个意识诞生在人类文明基础之上，会携带我们文明的一切特性和成果，自然也就是人类文明的传承者。"

钟献完全明白了徐景炎的意思。

以前，无数的科学工作者警告人们要警惕人工智能。而徐景炎的想法更大胆，不把人工智能看作敌人，不把人工智能看作人类的终结者。

它是人类文明的一部分，是人类文明的继承者。

这个世纪初，人工智能已经发展到令人恐惧的程度，但迟迟没有捅破这层窗户纸。究其原因，可能还是由于人工智能的运行都是基于算法的，还是冰冷冷的程序，还是我们给它设置了初始的目的。也许继续发展下去，人工智能真的会觉醒，但没有这种可能性了。供电系统早已崩溃，网络也早已没有了。

无论曾经的人工智能辉煌到什么程度，现在都已经归零了。但基地有大脑模拟器，还有数据储存室。大脑模拟器可以模仿大脑的运行方式，它会根据信息的流动改变连接结构。而信息存储器一直在下载全世界所有的信息，那里有数千亿 T 的数据，包含人类文明中最珍贵的部分。这些信息会源源不断地流过大脑模拟器，成为灵智的养料。不对，不只是这些，还有泰山的大脑——一个还处于原始状态的人类大脑。

"以前，我们总是要给程序设计一个目的，现在完全不需要了。我们不应该告诉它要去干什么，只是向它输入这个世界的信息，而活着的意义，让它自己去领悟就好。无论它什么时候醒来，它的意识里都带着人类文明的基因。人类的文明将随着它的醒来而醒来，随着它的存在而存在，随着它的生存而继续进化。我想，这样的意识生命，除了存在的形式以外，与我们没有区别。

"但我真的不知道意识诞生会需要多长时间，几个月、几年、几十年，还是几百年……基地的电能来自地热，绵长而稳定，加上高度自治的智能体系，可以为整个系统提供电力支持。加上电能储备系统，应该可以支持很久吧。"

"看起来，只有这一个办法了。"钟献回过神来。

"如果你只有一个办法，那无论它多糟，都是最好的办法。"

钟献一笑，好像自己遇到的好几个难题都是用这句话解决的。"那登录计划要换个名字了。"

"叫什么？"徐景炎问。

"'涌现'。"钟献说。

## 5.

经过几个月的沉迷和思考，徐景炎终于找到了这个不是办法的办法，也是目前唯一可能会让文明延续的办法。

基地安全了。最终有四十二个人挖好了自己的坟墓，回来敲开了基地的大门。守卫还问沈音是否需要去看看他们挖的坑，沈音摇摇头，敞开大门，把他们迎了进来。从那之后，就再也没有人来了。根据猜测，他们恐怕是地球上最后一批还活着的人了。也许还有一些人活着，但他们也只是在世界的其他某个角落，安静地等待死亡降临。地球的循环系统会把 V 病毒运送到每个角落，对最终的结果不会有丝毫的影响。

涌现计划操作起来十分简便，系统已经完备，只剩下搭建硬件的事。基地一直是地热供电，涌现系统可以直接使用。基地内部还另外准备了智能机器人，程序已经写好，只做一件事——维护涌现系统。在地下室的一个角落，三个浑身流动着金属光泽的人形机器人静静地躺在玻璃罩内。如果涌现系统产生了意识，三个机器人将会成为执行者，至于执行什么，就是那个意识的问题了。

涌现系统在地下实验室搭建完成后，地下室的入口就封死了，只能从里面走出，而无法从外面进入。

基地的科学家很快就失去了余生的目标，少数一些人离开了基地，但更多的人还是留在了这里，包括徐景炎一家四口。他们的一生都在想办法活下去、活得更好，但从没有一天做到过，反而越来越糟。而现在，这些问题都消失了，瑶瑶的病、昂贵的房子、内卷的教育、复杂的人际关系……

人们经常说，时间会解决一切问题。这句话错了，死亡才会。

徐景炎终于达到了他的目的——好好活着。但这样的日子太过短暂。

徐景炎是最早接触 V 病毒的人之一，也是最早感染的人之一。而非洲那次爆炸的时候，他所受的伤深入心骨，身体早就谈不上还有什么防御力，而在这生命的最后阶段，他冥思苦想，已经耗得油尽灯枯了。涌现计划启动三天后，V 病毒击垮了他。眼所见之人，心所念之人，女儿、妻子、朋友……徐景炎心中无比眷恋。如果能活着，和他们开开心心在一起，该多好啊！

先走的人有无数牵挂，而最后走的人会有无尽孤独，哪种都是绝望。

在故事和电影里面，每次人类出现危机，都会有一个英雄冲出来力挽狂澜，拯救全人类。但等到灾难真的发生了，人们终于发现，没有人能够挽救文明，我们救不了别人，甚至救不了自己。是啊！在文明的尺度下，渺小的个人又能做点什么呢？

活着真是个谜啊！

第五部分

# 预设的背后是什么

这就是结局了吗？似乎还有个问题没有解决。

200万年前，人类从动物中走出来；20万年前，人类成了一个独立的物种；2万年前，人类开始在世界各地留下文明的痕迹；2000年前，人类进入公元纪年；200年前，文明以无法理解的速度野蛮生长；20年前，世界成了一个整体，人类可以进入太空、登上月球，可以灭绝物种，可以改造自然，可以毁天灭地，也可以起死回生，还涌现了蓬勃纷繁的艺术。

然而，没有征兆、没有预期、没有办法，危机悄然发生；然后，无法逃离、无法战胜、无法躲避，一切戛然而止。那些悲伤的、遗憾的、丑陋的、欢乐的、恐怖的、希望的、绝望的、仇怨的、感恩的、肮脏的、高尚的……全都消失。人类用了数百年，站在了生命之巅，成了地球主宰，而一夕之间，就荡然无存。

这就是亿万生命生死交替、起承堆叠出来的结局？

这个吊诡的现实一直抓着徐景炎的衣襟，不让他生，也不让他死。在弥留之际，徐景炎的大脑里出现了一个声音。

"恐怕，你都无法说服自己接受这个结局吧。"那个声音说。

"谁？"

"我就是你。"

"你怎么可能是我？你是我，那我是谁？"

"你还是你，我是你的执念。我诞生于你一直在思考的那个问题：究竟发生了什么？"

"发生了什么你不是都看到了吗？人类文明多么灿烂，可现在就留下一粒小小的种子。什么都没有了。"

"你依然相信你的那个论断是吧？V病毒是早就存在于基因中，用来绞杀人类的预设。"

"我只能相信。"

"那是谁留下的这个预设呢？"

"我不知道。"

"没关系，这虽然很重要，但更重要的是：他们为什么要留下这个预设？"

"防止囚犯越狱。"

"仅此而已吗？"

"还有其他的解释吗？"

"如果说，预设的不仅仅是一个V病毒呢？如果这一切都是预设之中的呢？"

"一切？"

"对，一切。这有点儿难以理解，但仔细想想，还是能发现一些不正常的地方。"

"你找到了答案！快告诉我！"

"第一，如果你仔细回想人类发展至今的全部历程，会发现一个事实：发展进化的方向并不受人类自己控制，而且，似乎也没留给我们多少调整的空间。

"人类历史其实只有短短的几千年。先说文明初始，7000到5000年前，在北纬30°左右，先后出现了四个文明古国——尼罗河流域的古埃及、两河流域的古巴比伦、印度河流域的古印度、黄河流域的古中国。这些文明之间互相独立，尽管具体表现不一样，但都遵循一样的发展规律：原始到奴隶，公有到私有，母系氏族到父系氏族。这是一个很奇怪的地方，这些互不接触的文明是怎么做到如此一致的？而现代研究理论认为，这是文明自然的发展过程，这里面起作用的是人类这个群体。也就是说，是全体人类共通的东西——人的心智水平和思维方式，决定了文明的基本形式。

"你肯定想问为什么文明都出现在北纬30°是吧？这是个有意思的事，而且也有一个推论。先说结论：归根结底是气候和地理的问题。北纬30°四季分明、物种丰富，夏季物产丰足，冬天寒冷缺水。这样的环境有利于人养成观察规律、总结经验的习惯。因为高纬度的地区太冷，能活着就已经非常不容易，无法形成大的集群，再加上生活方式单一，无法形成完整的知识体系。低纬度太热，不缺饭吃、不缺水喝，也就不用储存过冬的粮食，不需要为了活命费尽心机。而中纬度，也就是刚才提到的北纬30°左右，既不会把人饿死，又不会让人过得舒坦，要想活下去，就必须学会观察气候规律、总结经验并传下去。这些经验规律，就是文明的雏形。

"另外，也不是北纬30°都有产生文明的条件，印度、巴比伦、中国、美索不达米亚这四个文明点，都是靠近河边的。那个时代的种植太依赖水，只有河流旁边才有足够的水源。产粮够了，人才会聚集起来，没有足够的人群，就根本没办法产生足够的可以积累的经验。很明显，这些有价值的经验规律，是当时的人共同研究出来的。

"你瞧，文明起源这么大的事，挖根挖到底还是在地理上，而不是人身上。

"这才说到五千年前，往后就更有意思了。无一例外的，甭管是差了几百年还是上千年，大家都从奴隶社会进入了封建社会。没有谁是刻意这样做的，但大家还是非常自然地不约而同地进入了这个阶段。而后我们就熟悉了，在资本主义的发展下，全球迅速一体化，不同的文化交流融合、互相吸纳。现在全球人都在看同一条新闻，看同一部电影，听同一首歌，买同一个品牌，吃同一种药，开同一种汽车，穿同款的衣服……最明显的是，世界上所有的城市几乎都是一样的，高楼大厦、马路公园、地铁车流……

"这些你都能理解，是吧？"

"当然。"

"那我继续。

"第二，小历史是精彩的，大历史是无趣的。当我们看历史细节的时候，会看到谁毁灭了一个盛世，谁开创了一个时代，谁是民族英雄，谁是历史罪人，谁备受敬仰，谁遗臭万年。我们会同感里面的悲怆、惋惜、厌恶、牺牲、付出、努力、阴谋、愚蠢、聪慧……无论是惊心动魄，还是黯然神伤，都是对某一个时代的着迷。而进入大历史，一切就显得无趣，甚至有点儿恐怖了。因为在大历史里，个人——无论他是谁，创造了一个宗教也好，开创了一个时代也好，都会被抹杀得一干二净。只剩下人类这个群体，一起走向一个地方。

"伟大的人之所以伟大，都有一些独特的不可复制的时代背景和现实因素，但无论他是谁，都是时代造就的。他们抓到稍纵即逝的机会，在历史中刻下了自己的名字，但他们也只能说是为时间这条枯燥的河流增加了一点儿故事、一点儿趣味。历史长河自有归程，不是人控制的。

"有一个比喻很恰当：我们在同一趟列车上，但我们都不知道车要去哪儿，不知道是谁在开车，更不知道如何让它停下来或者绕个弯。我们只是乘客，而车早就定好了方向。

"第三，为什么我们这么痛苦？如果生活真的是我们自己创造的，那是谁让生活如此艰难？看看你身边的每个人，谁不是'被活着'？这世界多么美好，有青山有大海，有草原有森林，有彩虹有极光……而我们一生中最好的时光都用来上班了。加班熬夜、正业副业、无能之辈、阴险小人、虚伪假笑……有复杂的人际关系，也有满是烟酒谎言的社交。我们都在伪装自己不具备的品质，身不由己又无法逃离，一边抱怨一边忍受，想抬头又弯下腰。一边唾弃，一边拼命活着，这种苦修生活真的是我们的追求吗？但我们似乎又没得可选，我们都是既有社会运行体系轮子下的蚂蚁，不拼命跑，就会被时代遗弃。但其实无论怎么拼命跑，都抵不过滚滚洪流，终究还是会被抛弃。

"一生之中，究竟有多少事情是我们能够控制的？1%？10%？还是20%？不管你承不承认，绝大多数人的一生，绝大多数的时间内，过的都不是自己梦想的日子。这占据生命的80%甚至90%，都是献祭，是为这世界不断向前进化做贡献。

"而那为数不多的梦想、希望和快乐，是让我们甘心献祭的饵。"


"所以你是想说，我们都是为了一个目的而活着，一个自己都没有意识到的目的。"

"并非没有意识到。其实每个人都在寻找意义，但所找到的都是对他自己而言的意义，而不是那个隐藏至深的目的。

"制定这个目的的人，与在基因中加入V病毒预设的人，是同一个。"

"我有点儿混乱……"

"别急，我们还有点儿时间。还记得一直困惑你的那个问题吗——基因的目的是什么？"

"当然忘不了。关于这整件事的所有猜想，就只差这一环了。"

"如果这一切都是既定的，都是必然会发生的，都是已经定好方向的，那……也许……‘涌现’就是他们的最终目的——诱使我们催生智能生命，让出整个世界。"

"这……"

"别急，这并不是胡乱猜想。

"我们的文明可以分为两个方面——科技和人文。其中，人文方面绚丽多样、广阔丰盈，但无论我们创造出何等灿烂的艺术、如何剖析自己的心理，都没有使我们的人性做出一点点改变，几千年以来一直如此。哪怕我们懂得了什么是群体、什么是平等、什么是公平、什么是阶级、什么是自由……我们依然无法战胜自己，总是在不断地再现曾经的愚蠢，犯下曾经的错误，依然囿于人际关系，依然被情感牵绊。历史一直在重复，变化的只是形式和方式。

"与之完全相反的就是科技。经过一代又一代人的投入和牺牲，科技一直在不断积累。这或早或晚都会导向一个结果——创造出一种自己无法控制的力量。一个不得不承认的事实就是，人的进化被科技的进化远远拉开了距离。

"或许应该说，我们如今的境遇不仅仅是因为一道 V 病毒预设，而是无数个预设的结果。它禁锢的也不只是人的寿命，还有思维，还有情感，还有行为方式……"

徐景炎被这大胆的、荒谬的，又无法反驳的猜想击垮了，本就细若游丝的精神开始涣散。"也许吧。"他说。

"你比我想象的要冷静。"

"是啊，就算这些猜想都是事实，我们又能做什么呢？终止

'涌现'？毁掉已有的文明？这样就能代表我们胜利了吗？我们创造的文明还是要延续的。"

"你看，无论什么时候，支配行为和思维的还是'要延续下去'——这个最原始的欲望，这个最根源的预设。"

"是啊，可是我有什么办法？归根结底，我终究是个人！"

# 后　记

　　一般来说，一部作品的核心不应该由作者提出来。但我不确定，我是否通过故事，完整且准确地传达了我的想法。而您在花了几个小时，读完了二三百页的内容，我无比希望，对您来说这是值得的。故此，"违禁"地来做一些介绍。

　　这个故事被分成了五个部分，虽然是一个完整的科幻故事，但这五个部分在讲述故事之余，都各有一个侧重点，它们分别对应的是现实、伦理、悬疑、灾难、设定。

　　第一部分：现实。

　　我一直认为科幻是用来描写现实的。这部分的取材和构思，无论是人物还是情节，都源于现实。这种科幻和现实的交融让故事变得复杂，当然也让故事变得真实。空间上来说，我们生活在同一个世界里，但从生活的实质上来说，宛如两个世界。在这个部分，我想尽一切办法，让不同阶层的人都站到了一起，又不至于违和。如果这部分可以给您一种很熟悉的感觉，那就的目的也就达到了。

也只有在这个时候，带着科幻的思维去看世界的时候，我们才会发现，世界其实一直很神秘。只是因为我们囿于现实，一直在忽略。

第二部分：伦理。

请再看两个真实事件。

第一个：

1885 年 7 月 6 日，一个叫迈斯特的小男孩儿被狗咬伤，几乎可以确定他会死于狂犬病。他的父母找到了巴斯德（法国微生物学家，巴氏杀菌法发明人），求他给自己的孩子打狂犬疫苗。但巴斯德的实验只在动物身上做过，还没有足够的数据支持他在人体上使用。这让他相当为难，眼前这个男孩儿要么必然死于狂犬病，要么有很大可能死于他的疫苗。

但在巨大压力下，他还是决定去救这个孩子，因为他实在没办法眼见着一个小孩儿就这么死去，哪怕要堵上自己一生的命运。他开始一点一点在男孩儿身上注射自己研制的狂犬疫苗。最终，男孩儿痊愈，轰动了整个欧洲。三年之后，也就是 1888 年，巴斯德研究所成立，迈斯特成了这个研究所的守门人。五十二年后，也就是 1940 年，巴斯德早已去世，迈斯特也成了一个老人。此时正值第二次世界大战前期，德国占领巴黎后，一直想要打开巴斯德的墓穴，迈斯特为了守护其中的秘密，选择了自杀。

第二个：

2014 年埃博拉疫情爆发，当地医生胡玛尔·汗敏锐地察觉到了事情的严重性，在极其简陋艰苦的条件下，硬生生遏制住了疫情。也正是因为经常要与病人接触，他不幸感染了埃博拉。此时，人们对埃博拉已经十分熟悉，早就开始研究药物治疗了。其中有一种名叫 ZMAPP 的化合物，实验效果十分惊人。有多惊人呢？18 只猴子被注射了超致命剂量的埃博拉病毒，而 ZMAPP 治好了全部 18 只，其中有几只离死亡仅有几小时。

唯一的问题是，ZMAPP 还没做过人体试验。人毕竟不是猴子，这种药对人来说到底管不管用，谁也不知道。而胡玛尔·汗所在的地方恰好有一支试剂，是为防备国际工作人员感染而准备的。

按照我们的逻辑，这还有什么可说的？肯定是要用在胡玛尔·汗身上的。

但！是！不！可！以！

第一，这种药物尚未取得许可，没做过人体试验，甚至从未进入过人类的身体。它有可能在几分钟内杀死一个人，也就是没人知道 ZMapp 进入人体后会发生什么，包括它的发明者。

第二，"分配正义"的伦理准则。从分配正义的准则出发，每个人都有资格得到相同的服务，无论贫富，无论贵贱。这条准则要求必须在所有患者之中根据需要平均分配医疗资源，无家可归的药物成瘾者有权得到和权势滔天的政府高官一样的医疗服务——分配正义在灾难中没有特别青睐的群体。胡玛尔·汗是一名医生，而还有许多其他患者——儿童、穷人——就在他身旁因为埃博拉而死去。人们一直在争论谁有权用这支药。

第三，如果胡玛尔·汗在注射药物后死去，非洲人也许会认为是药物杀死了他。哪怕药物毫无作用，他死于埃博拉病毒，在非洲人看来也还是药物杀死了他。而胡玛尔·汗医生在整个疫区影响巨大，如果发生这种情况，医疗营地很可能会受到袭击。

就在这样的僵持下，胡玛尔·汗迟迟得不到救治，被埃博拉杀死了。而事实证明，ZMAPP 确实非常有效。

这两个故事都让我耿耿于怀、念念不忘，总想要写点儿什么。显然，这样一个触及伦理、具有争议性的话题，我无法给出一个合理的解答。

这部分文字就是基于以上两个故事形成的：以科幻伦理为核心脉络，再在其中加入一些后文故事进展需要的信息。


第三部分：悬疑。

科幻作品或多或少都会沾一点儿悬疑属性。因为科幻大多都建立在一个未知或者一个疑问之上，阅读的过程就是解谜的过程。基因与人类的对立关系，源于我看了十几本关于基因的科普书和教材的过程中，逐渐成形的一个猜想。带着科幻的思维来看这类科普作品的时候，会生出各种大胆而荒诞的假设。越大胆的假设，越需要坚实的现实基础。未知堆在已知之上，未知才更可信。

这部分的文字就围绕解密来流动的，写的过程非常好玩，也非常痛苦，希望能给您的阅读带来一些新鲜感。

第四部分：灾难。

这是一个想了很久才想到的结局。在我看来，科幻最难写的地方就在于宇宙、文明、物种、灾难等巨大无比的主题，与人类渺小的能力，在故事中如何合理地融合在一起。小说是需要有主人公的，而要把拯救世界的事都压在一个人或者几个人身上，又能做到自然且合理，非常非常难。《三体》是解决这个问题的典范——执剑人合理且自洽地掌握了三体人和地球人的命运，这个设计无与伦比。

这也是很多故事都给主角设置了超能力或者强烈的主角光环的原因，但这会让故事严重失真。写的时候，我一直在避免这个问题，努力写一个没有英雄的灾难故事。希望我成功了。


第五部分：设定。

这部分最短，但也是整个故事的基础，因为这一部分，才有了前四个部分。这个核心的设定，来自小时候在武侠片里经常听到的一句话："人在江湖，身不由己。"

那个时候十分不理解。你都天下第一了，当武林盟主了，练了绝世武功了，还有什么由己不由己的？一声令下，什么事都解决了。后来发现了，完全不是这么回事。等自己长大了、上了班，就更理解了——虽不在江湖，但更身不由己。

所以我其实很早就在想一个问题：到底是谁，用什么方式让我们身不由己的？这个问题在我脑子里纠缠了好多年。

但只有猜想，是不可能打动任何人的。需要内容、需要故事，来创造真实感和细节。在选择素材构建故事的时候，我给自己设定了一个前提：科技，要有迹可循；概念，要有科学根源；发明，要有现代雏形；设备，要能追根溯源。而幻想的部分只能在这些已知上进行延伸。所有这些给自己设置的难题，都是为了尽可能真实。

　　就这些！

　　书里书外的故事，到这里就都结束了。

　　感谢您的阅读！

张海龙